슬퍼할 자신이 생겼다

이 책 제목은 최문자 시집 '우리가 훔친 것들이 만발한다' 의 자서에서 옮겨 왔습니다.

슬퍼할
자신의
생각

임창아

學而思 | 학이시

죽음에게 맡겨졌던 소임,

그녀를 삶에서 데리고 나오는 것,

하지만

그녀를 데리고 나오지 못했다

詩에서는

라이너 쿤체, 「젊은 젤마 메어바움-
아이징어 시인을 위한 묘비명」에서

　글의 약점을 가리기 위해 외국시 구절을 슬쩍슬쩍 들여놓습니다. 한국시를 인용하면 작가의 눈치를 봐야 하지만, 외국시는 들통이 나도 작가가 멀리 있으니 쉽게 따지려 들려고 하지 않을 테니까요. 멋 부린 문장을 보고, 참 잘 쓴다는 말을 들을 때마다 부끄러운 이유가 여기에 있습니다.

　이런 지난한 과정들은 가질 수 없는 '글의 힘'을 부

여받기 위함도 있지만, 독자를 유혹하고 싶은 욕망도 있습니다. 가지고 싶을 만큼 충격적이고, 소름 돋고, 토막토막 난, 배반을, 탕! 한 발의 총성을, 백일몽 속에서 듣기 위함도 있습니다.

도무지 도달할 수 없는 어떤 지점에, 새로운 의미가 탄생하는 공간을 만들고 싶었습니다. 슬쩍슬쩍 들여놓은 구절로 인해 제 글쓰기는 더불어 아팠고 더없이 행복했습니다. 각각의 '부'가 서로 다른 '결'을 가졌지만 시에서 그녀를 데리고 나오지 못한 죽음에게 감사를 표합니다.

2020년 5월 한자락에
임창아

문득

그윽하게

어느 날

사랑이라는 이름으로,
한 번만 더
사랑의 배반을, 고통을, 고독을 긍정해 보는 것은 어떤가요?

사랑의
단상

　종종 사랑에 관해 질문하거나 받을 때가 있지요. 우리는 '사랑'이라는 말을 너무 간편하고 납작하게 사용하는 건 아닌가 싶기도 해요. 눈이 멀고 숨이 멎으면 사랑의 잔혹은 사랑의 매혹으로 대체되기도 합니다. 사랑의 복잡성과 만만치 않음을 이해하려고 애쓰는 일에는 등을 돌려버리는데요. 어디 사랑에 관한 직무만 그러할까요. 사랑 안에 서식하는 '유치'와 '찬란'에도 불구하고 사랑은 잘 번식하기 위해 불완전하기로 결심한 개체 같습니다.

　어느 날 사랑이 찾아와 내 곁에 앉아 말하지요. '네가 왜 웃는지 혹은 우는지 알아보기 위해서 왔다'고,

웃고 있어도 눈물이 나는 사랑의 불완전, 사실 사랑에 빠진 사람은 그 대상을 사랑하는 것이 아니라, 사랑이라는 이름을 사랑한다고 합니다. 그(그녀)의 사랑을 자신에게로 돌리고 싶은, 그러니까 사랑은 사랑이라는 언어의 욕망, 단 한 번도 실현된 적 없고 실현한 적 없으므로 사랑은 순순히 욕망의 자리에 놓이게 되지요.

언어를 '살갗'이라고 하며 바르트는 그 사람을 내 언어로 문지른다고 합니다. 열 없는 이마에 따뜻한 손을 얹으면 이마는 문득 펄펄 끓어야 하고, 세상의 입들은 모두 사랑한다고 말해야 하고, 하여 '많이 아파?'라는 말은 그 대답을 위해 스스로 만든 '꾀병'에 걸려야 합니다. 말만으로도 온몸이 아파옵니다. 그러나 괜찮아요. 이 아픔은 '사랑이 내미는 호의'라서, 온몸이 아픈데도 불구하고 아픈 몸은 새의 날개처럼 즐겁기만 합니다.

사랑을 내 말속에 둘둘 말아 어루만지며, 애무하며, 혹은 이 만짐을 이야기하며 관계를 지속하고자 온 힘을 소모한다고 하죠. 그래서 사랑의 기쁨은 '영원'이나 '통속'을 소환할 때가 많습니다. 모든 것을 영원의 범주 속에 포함시키려고 하지요. 따라서 서로에게 충족된 연인들은 글을 쓸 필요도 없고, 전달하거나 재생할 필요도 없다고 합니다. 몸이 앞서 기울어져 있으니까요.

그러니까 사랑은 생각의 가지를, 생각의 날개를, 생각의 뿌리를 갖게 합니다. 나를 보다 수다스러운 나로 바꾸어 놓지요. 그러나 사랑의 언어는 허약하고. 절절하여 사랑의 언어 속에서 당신을 읽으며 나를 잃습니다. 사랑의 언어를 유감없이 발설함으로써 그 사람의 영혼을 만지고, 만진 손으로 자신의 영혼을 만지려는 이중의 접촉을 시도한다죠. 따라서 사랑의 언어는 비틀거리고 휘청거리며 거대한 심연의 바닥을 종횡무진합니다.

대체로 사랑의 푼크툼에 빠진 이들은 시시콜콜해집니다. "사랑해.", "뭐 하고 있어?", "밥 먹었어?" 시시콜콜한 유희를 반복하지요. 그들만의 방언을 만들어 그들만의 방식으로 그들만의 세계를 만들기도 합니다.

이 세계의 극점에는 모든 것이 '감각화' 된 채 누구도 등장하지 않는 거울이 등장합니다. 말랑말랑한 감각은 망각된 자신의 내면을 들여다보는 이중의 거울이 되지요. 사랑이라는 이름으로, 한 번만 더 사랑의 배반을, 고통을, 고독을 긍정해 보는 것은 어떤가요?

받아
쓰기

시는 자연의 말을 그대로 '받아쓰기' 하는 것이므로 시인은 결국 받아쓰는 사람입니다. 따라서 시인의 글쓰기 대부분은 받아쓰기라고 할 수 있지요. 받아쓰기를 잘 하려면 시각보다 청각을 앞세워야 합니다. 눈이 아무리 밝아도 귀담아듣지 않으면 아무 소용이 없기 때문입니다. 마르셀 푸르스트는 "항해 중의 발견은 새로운 풍경을 보는 것이 아니라 새로운 눈을 갖는 것에 달려 있다."라고 했어요. 여기서 '눈'이란 시각뿐만 아니라 청각, 후각, 촉각, 미각을 아우르는 하나의 '상징'입니다.

사실 귀는 우리가 듣고 싶은 것만 듣는다고 해요. 들

을 준비가 되어 있지 않으면 어떤 큰 소리라도 들을 수 없습니다. 그러니까 들으려고 하지 않는 사람한테는 아무 소리도 들려주지 못하게 되는 것이지요.

꽃과 바람의 말이 들려옵니다. 이건 비밀이라며 구름과 바위가 귓속말을 합니다. 강아지와 고양이가 시끄럽게 수다를 떱니다. 그러나 걸어오는 말을 엉뚱하게 알아들을 때도 있습니다. 벌레의 웃음을 울음으로 듣고, 새의 울음을 웃음으로 듣기도 합니다. 착각은 자유니까 용서할 수 있다고 하네요. 뿐만 아니라 지렁이의 머리를 꼬리라고 하고 문어의 몸통을 머리라고도 합니다. 그런데 그것이 즐겁다며 온몸으로 받아쓰는 것이야말로 진정한 시인이 아닐까요.

받아쓰는 것보다 받아쓰지 못하는 것들이 많아 괴로울 때도 있습니다. 음식물이 쌓이고 쌓인 냉장고의 인내심도 받아쓰지 못했고, 뒹구는 돌의 잠꼬대도 받아적지 못했고, 나팔 부는 나팔꽃의 노래도 받아쓰지 못한 무능한 시인입니다. 반면, 물고기는 바다의 말을 받아쓰고, 풀들은 바람의 말을 받아쓰고, 지렁이는 빗물의 말을 받아씁니다. 온몸으로 받아쓰는 시인들이지요. 언젠가는 이런 말들을 다 받아쓸 수 있었으면 좋겠습니다.

어떤 시인은 '아무리 받아쓰기를 잘해도 그것이 상식의 선을 넘지 못한다' 면서 '백일홍을 받아쓴다고 백일홍 꽃을 다 받아쓰는 것은 아니' 라고 하소연합니다. 또한 '햇빛의 참말을 받아쓰는 나무며 풀, 꽃들을 보며 나이 오십에 받아쓰기 공부를 다시 한다' 고 하였지요. 뻔히 보이는 말이 아닌 '모과나무가 받아쓴 모과 향' 같은 말을 모과에게 배워 받아쓰는 것이야말로 모든 시인의 소망일 것입니다.

꽃이 꽃향기를 받아 적기까지의 과정을 생각해 봅니다. 씨앗을 맺기 위해 꿀을 나누어 주는 꽃의 마음이며, 꽃가루를 얻기 위한 벌들의 수고로운 받아쓰기를요. 교과서적 지식만 받아쓰라고 강요하는 우리의 사회와는 다른 모습이지요. 행복한 삶을 위해 무엇을, 어떻게 받아써야 하는지에 대해 한 번쯤 생각해보면 좋겠습니다.

첫눈을
기다리며

흰색이 좋습니다. 눈이 멀 것 같은 흰색의 아득함이
좋습니다. 헤아릴 수 없는 공중에 귀를 대고 들어볼 만
한 '소리 없음'을 들어봅니다. 비가 아니라 빗소리를
좋아하는 것처럼 눈이 아니라 눈이 오는 풍경이 좋습
니다. 눈이 오는 풍경 속에는 왁자지껄한 조용함이 있
습니다. 조용함 속에 들끓는 함박웃음이 들립니다. 누
군가 사랑스러운 웃음을 허공에 흩어놓습니다. 고달픈
불빛이 반짝거립니다.

네거리 신호를 기다릴 때 첫눈을 맞으면 좋겠습니다.
마땅하게 기다릴 것이 없어 첫눈을 기다립니다. 그렇
다고 첫눈 같은 세상을 기다리는 것은 아닙니다. 사랑

하는 사람이 있어서만은 아닙니다. 첫눈 오는 날 만나기로 한 약속이 있어서만도 아닙니다. 오지 않는 사람을 기다리듯 오지 않는 첫눈을 기다립니다. 기다리는 것들은 대체로 더디게 옵니다. 기다려도 끝내 오지 않는, 상상이 사는 시간 속에서 기다림을 배웁니다.

「닥터지바고」와 「러브스토리」의 테마 음악을 듣고 〈첫눈이 온다구요〉를 따라 부릅니다. 첫눈에는 보편성과 관념을 뛰어넘는 마법이 있다고 합니다. 이 마법의 힘으로 정치를 하면 성군이 되고 글을 쓰면 베스트셀러가 될 거라고 말합니다. 이 마법의 근육으로 죽은 사람을 살리고 떠나간 사람을 되돌아오게도 합니다. 돌아오지 않는 사람도 기어이 기다려 주어야 합니다. 기다림이 지쳐 노여움이 될 때까지,

　　뜻밖의 폭설을 만나고 싶다.

　　뉴스는 다투어 수십 년만의 풍요를 알리고
　　자동차들은 뒤뚱거리며
　　제 구멍을 찾아가느라 법석이지만

한계령의 한계에 못 이기는 척 기꺼이 묶였으면

오오, 눈부신 고립

사방이 온통 흰 것뿐인 동화의 나라에
발이 아니라 운명이 묶였으면

- 문정희, 「한계령을 위한 연가」 부분

  사방이 온통 흰 것으로 뒤덮인 동화의 나라에 발이 묶였으면, '눈부신 고립'을 외치는 시의 행간에 동참할 수 있는 첫눈이 오면 좋겠습니다. 눈이 내리는 지상 낙원을 눈으로 그려봅니다. 구름이 차가운 공기를 만나 눈으로 내리는 게 아니라 '하늘나라 선녀님들이 송이송이 하얀 눈을' 자꾸자꾸 뿌려주는 것 같습니다. 어떤 생을 헐어 뿌려 주는 걸까? 궁금합니다. 눈이 된 생은 그래도 잘 살았을 거라는 생각을 합니다.

  낯선 곳을 떠돌아 몸을 누이며 눈은 금방 녹아내립니다. 일체의 잡음이나 군더더기 없이, 흰 눈이 텅 빈 허공을 가득 메워주면 좋겠습니다. 손등에 입술에 달라

붙은 눈에게 하하, 호호, 온기를 전해 주고 싶습니다.
눈이 내려도 뛰어 내려도 허공은 제자리에 있습니다.
눈이 오지 않을 때에도, 눈이 왔다가 갈 때에도 허공은
제자리를 지킵니다. 머지않아 눈이 다녀 갈 허공의 눈
부심이 좋습니다.

멍때리기
대회

　'왜 영혼 없는 말을 하느냐'는 말을 듣고 졸지에 영혼 없는 사람이 되었습니다. 영혼 없는 눈으로 영혼 없는 밥을 먹고, 영혼 없는 커피를 마시고, 영혼 없는 책을 덮을 때까지도 집 나간 영혼은 돌아오지 않았습니다. 영혼이라고 집 나가고 싶은 적 없었을까요? 영혼이라고 꼬박꼬박 약을 챙겨 먹고 싶었을까요? 영혼도 누군가의 관심이 부담스러울 때도 있었겠지요. 가을의 붉은 스위치를 끄고 골방에 처박히고 싶은 날도 있었겠지요. 부끄러움에, 안타까움에 말보다 먼저 눈물 보일 때도 있었겠지요.

　얼마 전, 영혼도 없이 영혼을 위한 제사를 지냈습니

다. 영혼 없는 절을 하고, 영혼 없는 제삿밥을 먹었습니다. 우리는 '아주 가끔씩만' 영혼을 소유한다고 쉼보르스카는 말합니다. 끊임없이, 영원히 그것을 가지는 사람은 아무도 없으며, 이따금씩 '공포나 환희의 순간'에 영혼은 우리 몸속에 둥지를 틀고 오랫동안 깃든다고 합니다. 청소기를 돌리거나 가구 배치를 다시 할 때, 운동화 끈을 조이고 둘레길을 걸을 때도 영혼은 우리에게 손 내밀지 않습니다. 늦은 밤까지 숙제를 하거나 김치를 담글 때도 상관하지 않습니다.

우리의 대화에 겨우 '한 번쯤 참견할까 말까', 그나마 그것도 자주 있는 일은 아니라고 합니다. 워낙 과묵하고 점잖으니까요. 그러나 삭신이 쑤시고 아프기 시작하면 슬그머니 교대 근무를 자청하기도 한답니다. '기쁨과 슬픔'이 온전히 하나가 될 때, 말없이 우리 곁에 머무는 영혼, 아무도 쳐다보지 않아도 묵묵히 제 임무를 수행하는, 영혼이 우리에게 하는 것처럼 우리 또한 영혼에게 꼭 필요한 소중한 존재임이 틀림없습니다.

영혼은 어린이와 노인에게 가장 오래 깃든다고 합니다. 그러니까 그 사이 청춘을 바쳐야 하는 시기에는 혼을 반쯤 빼놓고 사는 게 정상일지도 모릅니다. 오히려 영혼을 챙기는 것이 영혼을 귀찮게 하는 일인지도 모릅니다. 아니, 어쩌면 영혼의 특성을 제대로 살리기 위함일지도 모르지요. 그럼에도 불구하고 육체와 영혼이 하나가 되어야 한다니, 삶은 얼마나 고달파야 하는지요. 영혼 없이 사는 것이 어쩌면 더 행복한지도 모르겠습니다.

서울시 한강사업본부에서는 '멍때리기 대회'를 올해로 4회째 개최했다고 합니다. 대회의 목적은 새로운 경험과 더불어, 지친 현대인들이 잠시나마 모든 것을 잊고 아무것도 하지 말자는 취지에서 비롯되었다고 합니다. 아무것도 하지 않으면 뒤처지거나 무가치하다는 생각을 하는데, 멍때리기 대회는 이러한 통념을 꼬집고자 하는 데서 시작되었다고 합니다. 아무것도 하지 않는 것 또한 가치 있는 행위라는 것이지요.

그렇다고 영혼이 자발적으로 육체에서 나갈 리 있겠

습니까마는 잠시나마 쉬는 시간을 주자는 의도겠지요.

하여 '영혼'이라는 말이 발화되기 전, 우리도 가끔씩
영혼의 외출을 적극적으로 돕는 건 어떨까요?

성탄절

군고구마와 붕어빵과 눈사람이 있어도 어디 크리스마스만 하겠어요. 예쁜 크리스마스카드를 보낸 지도, 받은 지도 오래 되었네요. 누구에게나 성탄절에 얽힌 추억은 있겠지요? 산타할아버지의 선물을 기다렸던 기억도 있겠지요? 볼이 어는 줄도 모르는 연인들이 거닐던 어느 거리, 거리를 지날 때마다 땡땡땡 울리던 자선냄비 종소리와 수많은 캐럴들은 다 어디로 갔을까요? 어느 하늘에서 반짝반짝 빛나는 별이 되었을까요?

내용 없는 아름다움처럼

가난한 아희에게 온

서양 나라에서 온

아름다운 크리스마스카드처럼

- 김종삼, 「북치는 소년」 부분

　진눈깨비를 따라 하늘로 떠난 시인이 있지요. 눈은 오지 않는데 눈만 퉁퉁 부은 시인의 딸은 몹시 아팠죠. 고독한 향내가 열이 나는 이마를 짚어 주었어요. 차가운 시래깃국을 벌컥벌컥 마시던 먼 친척은 갑자기 자리에서 일어나 장례식장 조화가 몇 개인지 세어 봐요. 조화 하나의 추억과 조화 하나의 인연과 조화 하나의 시간들, 먼저 도착한 조화가 조문객을 기다리는 동안에도 눈은 오지 않고 눈만 멀뚱멀뚱하구요.

　'가난한 아희'를 위한 자선냄비는 1891년 성탄절을 앞두고 미국 구세군 사관이었던 조세프 맥피에 의해 시작되었다고 해요. 구세군의 냄비도 처음엔 솥 모양이었다가 냄비 모양이 되고, 뚜껑이 생기기도 하며 세월에 따라 계속 변하게 되었죠.

　지난해 성탄절 날 문재인 대통령은 자신의 사회관계

망서비스(SNS)에 박노해의 「그 겨울의 시」 일부를 올렸어요. "문풍지 우는 겨울밤이면/ 할머니는 이불 속에서/ 혼자말로 중얼거리시네// 오늘 밤 장터의 거지들은 괜찮을랑가/ 뒷산에 노루 토끼들은 굶어 죽지 않을랑가// 아 나는 지상에서 가장 아름다운/ 시낭송을 들으며 잠이 들곤 했었네"

춥고 힘든 가난에도 불구하고 성탄절은 설레임의 연속이에요. 저물어 가는 한 해의 충만함, 이즈음의 충만은 소멸해 가는 것의 위로에서 오는 것 같아요. 펄펄 내리는 함박눈을 기다리며, 라디오에서 흘러나오는 캐럴을 들으면 없는 추억도 되살아나죠. 소소한 약속과 사소한 선물도 기다려요. 아, 사랑하는 사람들(아이/ 부모님/ 친구/ 이웃)이 함께 꺼내볼 수 있도록, 기다림으로 목이 더 늘어난 양말 속에 새로운 추억 하나 넣어 보면 어떨까요?

연인이든 가족이든, 사랑이라는 단어가 감당할 수 있는 모든 수식어를 동원해서 사랑을 고백할 수 있는 성탄절이 되었으면 좋겠어요. 단 하루만이라도 '성탄'이라는 전염병에 걸려 추위를, 가난을, 아픔을 잊어버린 따뜻하고 평화로운 날이었으면, 사랑의 수식어들이 오늘을 점묘하는 반짝반짝 알전구가 되었으면 좋겠어요.

11월의
書

주차된 루프에 낙엽이 소복합니다. 11월의 고백 같고 표정 같기도 합니다. 매년 보내도 처음 보내는 가을처럼, 모든 사랑이 첫사랑인 것처럼, 낙엽은 가을이고 추억이고 그리움입니다. 뒤척이고 뒤척이는 모습은 당신에게서 시작되어 당신에게로 돌아가려는 몸짓일까요? 아무 말 걸지 않으며 슬쩍슬쩍 지나는 행인들은 이내 시선을 돌립니다. '이별'의 아름다움은 이 '별'에서 원래의 '별'로 돌아가기 때문이라고 해 둘게요.

떠나가는 11월은 이상한 솔직함에서 나오는 전염병 같고, 우수수 내몰린 상처를 펴서 말리는 것도 같습니다. 혈압이 올라 퓨즈가 나간 것 같고, 미친 척하고 한 번 웃어보는 것도 같습니다. 죽은 풀무치 소리를 내며 프로판가스가 자꾸 새고, 우리 몸의 잎과 귀가 얇아지는 '11월은 불안하다'고 서정춘 시인은 말합니다. 당신에게서 와 아직 당신에게로 돌아가지 못한 말씀들이 11월의 끝을 붙잡고 있습니다.

10월은 열매가 무르익고 5월은 꽃이 만개합니다. 그래서 사람들은 대체로 10월과 5월을 가장 좋아한다고 합니다. 이 두 달에 대한 시나 노래도 많지만, 이 두 달에는 결혼식도 많습니다. 또한 12월은 연말의 정취나 송년회 스케줄로 바쁩니다. 그러나 10월과 12월 사이에 낀 11월은 별로 조명 받지 못하며 지나는 경우가 많습니다. 첫딸과 막내딸 사이에 태어난 것처럼, 특별하게 기억되는 날이나 노래도 없습니다.

기온이 뚝 떨어져 건조한 몸이 가렵습니다. 속수무책 떨어지는 잎들로 생이 가려운 11월, 가려운 생을 털어내느라 나무들도 괴롭습니다. 당신에게 가 닿으려고 몸에서 무게를 덜어내는 11월, 당신에게 주려고 뭔가를 뒤적뒤적 자꾸만 주억거리는 11월, 어쩔 줄 몰라 감정의 문을 닫기도 합니다. 오색의 단풍도 좋지만 마지막 잎만 남은 앙상한 가지도 좋습니다. 황금물결 넘실대는 들판도 좋지만 가을걷이 끝난 휑한 들도 좋습니다.

길 가다가 소복한 낙엽이 발에 걸리면 아무 생각 없이 걷어차게 됩니다. 지나는 강아지 꽁무니에 시선이 따라가기도 합니다. 낙엽이 머문 자리에서 또 걷어차고, 멀뚱멀뚱한 강아지에게 왈왈, 추파를 던지기도 합니다. 그러다가 문득 또 차 달라고 떼를 쓰며 달라붙는 낙엽들을 봅니다. 걷어차이고도 랄랄랄 춤을 춥니다.

이처럼 11월은 아무 생각 없이 시작되어 아무 생각 없이 끝납니다. 생각 없는 치다꺼리들이 어이없이 기쁘게 느껴집니다.

그러므로 11월은 일종의 사계절적 푸가fuga인 셈입니다. 詩詩콜콜한 시름이나 부름이 우리가 잘 모르는 기교로 교차되어 갑니다.

타국에서 느끼는 근본적인 쓸쓸함이나 시름 같은, 11월은 기적에 가깝습니다. 10월과 12월을 벌려 주기 위해 11월이 존재한다는 것은 더욱 의미 있어 보입니다.

4층에 대한
다이어리

———

목 늘인 백합나무가 용학도서관 4층과 교우합니다. 이것은 오롯이 백합나무만의 일은 아니겠지요. 뿌리의 물을 우듬지까지 끌어올리는데 대략 한 달가량 걸린다니, 4층까지 엘리베이터로 14초면 닿을 수 있는데 꼬박 한 달이 걸린다는 거죠. 가지들은 흔들리면서 또 얼마나 적막한 시간을 견뎠을까요? '흔들린다'라는 동사를 가진다는 건 행복일까요? 불행일까요? 높이를 가지는 일이 그리 신명나는 일만은 아니었겠지만.

한국의 병원에는 4층이 없습니다. 병이 호전되지 않거나 환자에게 유해하다는 근거는 어디에 없는데도 불구하고 4층은 존재하지 않지요. 죽을 '사死'와 발음이 같아 기피한다고들 하죠. 4층 없이 어떻게 4층 이상이 존재하나요? 'F'나 '5'로 회피한다고 내용(4층)이 바뀌는 것도 아닌데 말이지요. 4층에는 생사生死와 성식性食이 있습니다. 세상의 '모든'과 '모던'이 있지요. '모든'은 방대한 어떤 실체의 일부분에 불과할 수 있고, '모던'은 '포스트모던'과 연대합니다.

통유리 전망의 용학도서관에서 끝내 4층이 된 백합나무, 목을 길게 빼다가 고개를 갸우뚱 기우뚱, 귀를 곤두세워 더 명확해지려 합니다. 키를 높이는 이유가 왠지 세상에 태어나 적어도 4층까지 자라야겠다는 고집 같고, 4층의 공기에 대한 호기심인 것도 같습니다. 저기 먹구름이 몰려오네요. 저도 4층이 되어 4층으로서의 소임을 다하려는 건지. 4층에 필요 없는 것까지 끌고 와 조금 쓸쓸한 얼굴이 되기도 합니다.

지난 4월, 진주의 한 아파트 4층에 불이 났습니다. 새벽 4시쯤 40대 남성에 의해 주민 5명이 숨져 충격을 주었는데요. 잠결에 맨발로 뛰어내린 4층, 과묵하고 치밀한 내적 자아가 노린 4층에게 육중한 애도를 표했지요.

마음의 4층과 몸의 4층이 삐거덕거릴 때, 눈물의 4층에서 반짝이는 눈동자를 봅니다. 탈의가 불가능한 4층은 다른 이미지로 시선을 데려가는 대신 구체적인 실재와 마주하게 합니다.

도서관의 4층이 된다는 건, 강의가 끝나고 썰물처럼 빠져나가는 복도의 마찰음이거나 4개의 다리를 가진 책상이 되는 건가요? 내구성이 좋지 않아 잘 마르지 않는 4층의 서사, 자기가 무얼 하는지 모르는 4층이기에 아무런 생각이나 의견은 갖고 있지 않지요. 그러니까 죽을 '사死'와 연관 짓는 4층의 편견은 불식되어야 마땅하겠지요.

10층 이상을, 아파트의 로열층이라고 합니다. 그러나 4층을 선호하는 이들도 많습니다. 3층은 뭔가 답답하고 5층 이상은 지면에서 멀다는 이유 때문이지요. 또한 4층의 눈높이에서 바라보는 풍경엔 품격이 있습니다. 조망권 확보와 더불어 나무의 정수리도 환히 보이거든요. 4를 외면하고 비켜가려 하는 반면, '4를 지키려는 노력'을 아끼지 않는 시인도 있습니다. 안정적이

고 매혹적인 높이와 함께 모든 4층은 '모던 4층' 으로
존재하니까요.

걱정 말아요
그대

"걱정해서 걱정이 없어지면 걱정이 없겠네."라는 티
베트 속담이 있습니다. 그러니까 해결할 수 있는 것은
걱정할 필요가 없고, 해결할 수 없는 것은 걱정해도 소
용이 없다는 말이지요. 걱정 없이 살 수 없어서인지 걱
정에 관한 명언들이 참 많더군요. 그리스 철학자 에픽
테토스는 "우리는 일어난 일이 아니라 일어난 일에 대
한 자신의 생각 때문에 걱정 한다."라고 했고, 루즈벨
트 대통령의 영부인 엘리노어 루즈벨트는 "남들이 너
를 어떻게 생각할까 너무 걱정하지 마라. 그들은 그렇
게 그대에 대해 많이 생각하지 않는다."라고 했지요.

데이모스는 '걱정의 신' 입니다. 공포의 신, 불화의

신, 싸움의 신과 늘 함께 다녔지요. 이런 데이모스의 포로인 사람들의 공통점은 심각하고, 엄숙하고, 폭발 직전이어서 '되는 일은 없고, 꼬인 일은 자꾸 꼬인다'고 하죠. 그런데 '신'을 얼마만큼 믿나요? 신은 '만들어지고 있는 중'이라는 버나드 쇼의 말에 빗대자면, 결국 신은 우리가 만드는 거니까 우리가 부모인 거죠. 걱정과 마주할 때마다 우리는 걱정의 신을 창조하고 있어요. 상징이나 비유 없이도 '신'이라는 단어를 시에 사용하는 것처럼,

신과 가까운 걱정이 '생활'에게 자꾸 묻습니다. 가령, 집을 나선 후 "가스 불을 껐나?"에서 시작하여 "불이 나면 어쩌지?"란 걱정을 낳고, 집으로 다시 돌아가 가스를 확인하게 되지요. 그렇게 시간이 지체되면 "약속 시간에 도착할 수 있을까?", "미리 연락해야 되겠지?" 하는 식으로 순환되는 걱정의 굴레를 살아갑니다.

어떤 불확실이 불행의 결말로 끝날 것이라는 막연함은 해롭지만, 생각 자체가 1도 없는, 긍정의 긍정은 오

히려 미래를 설계하는 힘을 무력화시키기도 합니다. 행복한 삶에 대한 다양한 연구에 따르면 걱정의 대부분은 현실에서 일어나지 않는다고 해요. 우리가 하는 걱정거리의 40퍼센트는 절대 일어나지 않고, 나머지 걱정의 30퍼센트는 이미 일어난 일에 대한 것이라고 하지요. 22퍼센트는 사실상 걱정하지 않아도 되는 사소한 고민이고, 4퍼센트는 우리의 힘으로는 어쩔 도리가 없는 일에 대한 것이랍니다.

시대의 '질병'이 되어가는 '걱정에 대하여'의 저자는 걱정을 불확실한 미래에 대한 '떨림'의 일종으로 정의합니다. 아직 오지 않거나 올 리 없는 미래를 걱정하느라 마주한 현실을 직시하지 못하는 경우가 많습니다. 그것은 우리의 절망이 '걱정할 권리'를 포기한 채 정답만을 원하기 때문이지요. 하늘에서 정답이 뚝, 떨어져도 그 정답대로 살아가지도 못하면서 말이지요. 만약 정답대로 산다면, 살아진다면, 걱정이 사라질 수는 있겠지만 내가 '선택할 권리'를 포기하게 되는 것이지요. 정답을 모르기 때문에 우리는 필연적으로 걱정이란 놈과 한 몸으로 살 수밖에 없습니다. 따라서 걱

정과의 '밀당'으로 거리 두기가 필요하지요. 그런 의
미에서 드라마 삽입곡 한 소절을 덧붙여 봅니다.

"그대여 아무 걱정하지 말아요."

국화
옆에서

'한 송이 국화꽃을 피우기 위해' 봄부터 소쩍새가 울었던가요? 천둥은 먹구름 속에서 또 그렇게 울었던가요? 소쩍새 울음과 먹구름 속 천둥과 간밤 무서리 안부도 듣지 못했습니다. 그래도 가을은 왔고 국화꽃은 어김없이 피었습니다. 공원에서 혹은 수목원에서 국화는 기쁨인지 슬픔인지 모를 표정을 지어보였습니다. 가을햇볕에 가늘게 눈을 뜨고 있었습니다. 가을의 소유권을 가지고도 가을을 소유하지 않은 채, 가을을 세공하고 있었습니다.

서정주 시인은 왜, 국화 앞에서가 아니고 국화 옆에서라고 했을까라는 생각에 잠시 머물렀습니다. 대구수

목원의 국화축제장에서 최선을 다해 피어있는 국화코 끼리, 국화기린, 국화곰돌이⋯ 살아있는 동물보다 피 어있는 동물을 보는 눈은 마냥 즐겁지만은 않았습니 다. 그럼에도 불구하고 국화는 국화 '위'나 '아래'에 서 피지 않고 오직 '옆'에서 피어나고 있었지요.

마더 테레사 수녀가 미국을 방문해 CBS 방송 프로그 램에 출연했을 때, 스튜디오를 찾은 마더 테레사에게 앵커가 물었습니다. "당신은 하나님께 기도할 때에 무 엇이라고 말합니까?" 테레사 수녀는 다소곳이 고개를 숙이고 있다가 대답했지요. "나는 듣습니다." 예상 밖 의 대답을 들은 앵커는 당황해 다시 질문을 던졌습니 다. "당신이 듣고 있을 때에 하나님은 무엇을 말합니 까?" 잠시 생각하다 다시 "그분도 듣지요."라는 대답을 내놓았습니다.

앞에 있는 눈, 코, 입에 비해 옆에 있는 귀가 좀 더 큰 이유는 왠지, 앞에 보이는 것만 보지 말고, 옆에 있는 것 잘 들으라는 당부나 계시 같다는 생각을 합니다. 앞 만 보고 가다 놓친 것들 귀담아 들으라고요. 그런데 옆

을 강조하거나 사족 같은 귀 없이도 국화는 잘 듣고 있
었습니다. 잘 듣는다는 것은 잘 보는 것이겠지요. 상대
방 소매 끝에 달랑거리는 실밥을 떼어 준다거나 입가
에 묻은 국물 보고 휴지를 슬쩍 건네는 일처럼요. 휴지
를 건네듯 국화는 여린 날개의 벌들에게 한 모금의 달
콤한 가을을 선사하였습니다.

잠깐 동안 국화는 피어나지 않고 새어나기도 했습니
다. 국화의 속도로 힐끗힐끗 새어 가을을 누설하느라
바빴습니다. 꽃잎에서 꽃잎은 새어나고, 벌들도 새어
나고, 가을도 새어났습니다. 국화의 몸은 더욱 부풀어
지고 벌들도 더 분주했습니다. 가을의 얼굴은 또 얼마
나 빨개지는지. 옆에서의 일들은 앞에서의 일보다 대
체로 자잘한 대신 즐거움은 오래갑니다. 오래가는 것
은 훨씬 더 큰일입니다. 국화 옆에서도 국화는 온통 가
을의 귀를 곤두세웁니다.

예컨대 옆은 '가지는 것' 이 아니라 '되는 것' 입니다.
누군가의 옆이 된다는 건 누군가의 옆이 되어 주고 싶
은 것이겠지요. 옆은 나란한 것이며 닮아가는 것이며

손잡는 것입니다. 봄과 여름을 지나 함께 가을을 맞는
국화처럼,

—
두통
삼매경
—

두통의 진원지를 찾아 병원을 다녔습니다. 어디서 시작되었을까? 어떤 모습일까? 어떻게 진행되는 중일까? 삶은 몰라도 되는 일에 애써 긁어 부스럼을 만들기도 합니다. 무슨 일인지도 모르면서 우리는 매번 괴롭고 힘들어 합니다. 두통의 원인과 두통의 근원을 모른 채, 두통의 진행에 복무하며 혹은 대립하며 자신만의 퍼즐을 맞추어 나갑니다. 복무하지 않고 대립하지 않아도 삶은 짓궂게 답 없는 질문을 자꾸 던지겠지만요.

답을 쉽게 찾을 수 없을 땐 눈을 감습니다. 잠을 청합니다. 두통이 꿈속에 흰 길을 내는 듯, 답을 찾을 수 없으니 잠이 올 리 만무합니다. 잠을 다독여줄 '다정한 것' 은 잠자리 어디에도 없습니다. 불면의 불편을 관찰하며, 무슨 일이 일어나기를 기도하며 잠을 침잠시키는 두통, 고통의 모험이 시작되면서 잠의 도착을, 잠의 귀가를, 잠의 푸른 신호를 기다립니다.

기다림이 길어지니까 쇠구슬이 왼쪽 머리에서 굴러다니는 것 같습니다. 헬멧을 쓴 듯 머리 전체가 압박(협박)에 시달립니다. 이 고통이 진짜 내 머릿속에서 일어나고 있는 현실인가 싶다가도 누군가의 고통을 대신 갚아주는 것 같기도 합니다. 그런 찰나에도 회로 선택을 잘못한 건 아닌가 싶기도 하고, 엉뚱한 맥을 짚고 있는 것 같기도 합니다.

두통의 진원이 아니라 기원을 찾는 게 먼저인지도 모르겠습니다. 육체에서 명확한 답을 찾을 수 없다면 정신을 의심해 봐야 할 일입니다. 만병의 근원이 대체로 육체보다 정신이듯, 만병의 통치도 몸 치료보다는 마음 치료가 더 먼저이니까요. 감기처럼 흔하게 오고, 쉽게 찾아옵니다. 약을 먹어도 좀처럼 호전될 기미가 보이지 않습니다. 아무도 괴롭히지 않는데 자꾸만 괴롭습니다.

우리에게 닥친 일이 좋은지 나쁜지 지금 당장은 알수 없다고 류시화 시인은 말합니다. '신이 쉼표를 넣은 곳에 마침표를 찍지 말라'고도 합니다. 실패와 고통 속에는 삶의 깨달음과 사는 의미가 들어 있습니다. 실패라고 하지만 그것은 불행이 아니라, 더 나은 성공의 지름길이라고 하듯 깨달음으로 가기 위한 과정일 수 있습니다. 그러므로 마침표를 찍지 말고 나아가야 한다고 강조합니다.

'인생은 폭풍우 속에서 어떻게 살아남을 것인가가 아니라 빗속에서 어떻게 춤을 추는가 하는 것'처럼 두통에서 어떻게 벗어날 것인가가 아니라 고통을 어떻게 받아들일 것인가를 고민해 봐야 할까요? 두통(삶)이 나를 속일지라도 슬퍼하거나 노여워하지 말라는 푸시킨처럼 어떤 것은 맞고 어떤 것이 틀리다고 할지라도 여전히 잘 놀고, 보다 열심히 살며, 전에 없는 다정함을 발휘해야 할까요?

생각에 관한
생각

밤새도록 당신을 들락거리는 생각들

당신을 잠 못 들게 하는 생각들

당신의 천장을 쿵쿵거리는 생각들

당신을 미치게 하는 생각들

미쳐가는 당신을 조롱하는 생각들

당신을 침대에서 벌떡 일으키는 생각들

- 황병승 「생각들」 부분

삶과 죽음의 경계에서 피어나는 생각들의 세계는 무수한 고리들로 이어져 있지요. 생각이 낳은 생각의 연쇄적인 고리로 한 편의 시가 만들어진다면, 시는 수많은 생각들을 먹고 자라는 또 다른 '생각'이라는 생각

을 합니다. 돌려 말하면 토씨 하나가 일으키는 생각처럼 시 또한 '불멸하다' 라는 생각,

프랑스 조각가 로댕의 〈생각하는 사람〉을 아시나요? 생각하는 사람은 단테의 서사시 「신곡」의 지옥 편을 주제로 한 작품입니다. 지옥의 문 위에 걸터앉아 인간들을 내려다보며 깊은 생각에 잠긴 시인의 모습을 형상화한 것이지요. 밤이 지나고 아침이 왔는데도 도무지 놓아줄 생각이 없는 생각, 혹은 놓아준 생각이 어디만큼 갔다가 다시 돌아와 지난밤을 간섭하기도 하는 생각,

우리가 믿지만 않으면 생각은 해롭지 않다고 해요. 고통스러운 것은 생각이 아니라 생각에 관한 집착이니까요. 바이런 게이티는 '생각에 집착한다는 것은 그 생각을 그대로 믿고 알아보지 않는다는 데 있다' 고 했죠. 그러니까 믿음이라는 것도 믿을 게 못 되어서 생각은 허공에서 나와 허공으로 돌아가지요. 생각은 머물기 위해 오는 것이 아니라 하늘의 흰 구름처럼 지나가기 위해 오는 것, 이런 생각과 친구가 될 수 있다면 좋을

텐데, 어떻게 하면 좋을까요? 보도블럭에 떨어진 은행잎이나 가을바람과 같다고 생각하면 될까요?

'아무런 생각을 하지 않는 데에도 충분한 형이상학이 있다' 이것이 생각의 생존 방식이라고 하는데요, 어떤 연구에 의하면 부정적 사건에 대해 말하는 것과 글쓰는 것은 모두 긍정적인 효과를 보였지만, 말하기나 글쓰기와 달리 생각하기는 다른 양상을 보였다고 하네요. 자신의 경험을 글로 표현한 사람들은 우울감이 낮아졌지만, 자신의 경험을 생각한 사람들의 우울감은 높아졌다고 합니다. 예컨대 자신의 경험을 통합하거나 이해하는 데 도움이 되지 못하고 오히려 일 처리에 악영향을 끼쳤기 때문이겠지요.

그렇습니다. 인류는 생각에 대해 생각해 왔는데 지금도 생각에 대해 생각하고 있습니다. 내가 생각을 생각하고 있는지, 생각이 생각을 생각하고 있는지 알 수 없지만요.

사랑이라는
밥의 은유

　명분을 가로질러 밥이 왔어요. 천국에서 추방된 밥이, 추풍낙엽에도 나를 생각하며 왔어요. 국도를 지나는 적막한 빈 들, 서로를 간섭하며, 가끔씩 눈을 깜박거리며, 왔어요. 이렇게 왔는데 나는 밥이 보고 싶지 않았어요. 밥상을 차리고 싶지도, 숟가락을 들고 싶지도 않았죠. 무엇보다 입을 벌리고 싶지 않았어요. 목구멍이 허락하지 않았어요. 스물두 살 여학생이 털어놓은 말 감기처럼 목구멍에 걸려있었거든요.

　밥의 얼굴은 다양해요. '밥블레스 유', '밥 잘 사주는 예쁜 누나', 화끈한 화법의 김수미와 충청도식 유머가 빛나는 '밥은 먹고 다니냐' 등의 TV 프로그램들을 보면 빵이나 고기에 밀려나도 밥에 대한 사랑은 한결 같지요. 영화 〈웰컴 투 동막골〉의 촌장님에게 물었습니다. 마을 사람들을 잘 다스리는 영도력의 비밀이 무엇이냐고, "잘 멕여야지." 결코 쉽지 않은 말인데 아주 쉬운 말로 들렸어요.

밥! 누군가에게는 슬픔이고 누군가에게는 배고픔임에도 불구하고 세상에서 가장 따뜻한, 고개를 수그려야 입으로 들어가는, 밥 먹듯 부르는 말, 한 번쯤 건너뛰어도 되는데 밥풀처럼 악착같이 달라붙는 밥, 새벽에 일어나 밥솥을 열어 봅니다. 끓고 있는 밥솥만큼 뜨거운 새하얀 밥알들이 식구처럼 꼭 껴안고 있었어요.

언제 적 촛불인지 알 수 없으나 어머니는 여전히 시에서 "촛불로 밥을 지으신다 비가 오기 시작하는데 어머니가 촛불로 밥을 지으신다 날도 어두워지기 시작하는데 어머니가 촛불로 밥을 지으신다 (…) 암이 목구멍까지 올라왔는데 어머니가 촛불로 밥을 지으신다 손톱이 빠지기 시작하는데 어머니가 촛불로 밥을 지으신다" 정재학 시인의 시 일부를 가지고 오는 동안, '담벼

락의 비가 마르기 시작' 하는데 어머니는 천국에서도 촛불로 밥을 지으실까요?

생활과 한 몸인 밥처럼 툭 하면 '너 밥 없을 줄 알아!' 이런 협박이 통하지 않는 시대임을 알면서도, 여전히 협박으로 사용하는 걸 보면 엄마들에게 '밥'은 큰 무기이자 사랑임에 틀림없나 봐요. '밥은 먹고 지내냐', '밥맛 떨어진다', '밥값은 해야지', '그게 밥 먹여 주냐?' 얼마나 정이 떨어지면 '밥맛 떨어진다'고 했을까요? 밥 먹고 사는 것이 삶이라면 죽음은 영영 밥숟가락 놓는 것이고, 취직은 밥 먹을 자리 찾는 것이고, 실직은 밥줄 끊어지는 것이에요. 일 잘하는 사람은 밥값 톡톡히 하는 사람이며, 일 못 하는 사람은 밥값도 제대로 못 하는 사람이에요.

밥 먹다가 싸우고, 밥 먹다가 정들고, 밥 먹다가 울고, 그래 놓고 또 밥 먹자, 밥은 먹었냐, 밥 챙겨 먹어라, 밥의 불멸함은 결국 사랑의 불멸이자 은유라고 말해 봅니다.

사과를 먹고도
사과하지 않는 계절

사과의 계절이 왔습니다. 사과를 먹고도 해야 할 사과가 생각나지 않습니다. 하지 않은 사과를 빨강이라고 둥글다고도 할 수 있지만, 단맛이라고 신맛이라고도 할 수 있지만, 값이 싸다고 비싸다고도 할 수 있지만 그냥 사과였으면, 사과여야 합니다. 의미로 분류하지 않으면 좋겠습니다. 눈을 뜨고 가장 먼저 먹는 것이 사과였으면, 아침이면 의무적으로 사과가 먹고 싶어집니다. 사과를 먹지 않으면 시작될 것 같지 않은 하루,

"역사적으로 유명한 사과가 셋 있는데, 첫째는 이브의 사과요, 둘째는 뉴턴의 사과요, 셋째는 세잔의 사과다." 프랑스 상징주의 드니의 말입니다. 이브의 사과로

부터 기독교가 시작되었고, 뉴턴의 사과로부터 근대과
학이 시작되었고, 세잔의 사과로부터 현대미술의 꽃이
피었습니다. 세 사과는 각각 자연에서 종교로, 종교에
서 과학으로, 과학에서 인간 감성으로의 전환을 이끌
어 냈습니다.

평생 사과를 바라보며 질문했던 세잔은 바구니 속 사
과를 백 번 이상 그렸다고 합니다. 드니는 "다른 화가
가 그린 그림은 먹고 싶지만, 세잔이 그린 사과에게는
말 걸고 싶어진다."라고 하였지요. 말 걸고 싶어진다
니! 없는 입으로 말하는 사과를 상상해 봅니다. 그러니
까 세잔이 그리 오랜 시간 골몰한 것은 한 알의 사과를
담기 위해서가 아니라, 사과의 모든 것을 화폭에 담기
위함이었겠지요.

어디쯤에서 잘못한 일로 발갛게 익어 가는
늦여름부터 가을까지
사과해야 할 일들과 사과 받을 주소들이 많다
(…)
부담 없게 사과할 때는 한 상자를

해묵은 사과를 할 때는 사과나무 한 그루를

식목일 전에 보내는 것도 좋은 사과지만

추신으로 단맛을 적어 보내면 더 좋은 사과

- 이담하 「사과는 용서받을 때까지」 일부

주먹을 꽉 쥐고도 사과는 사과나무에게 펀치를 날리지 않습니다. 사과나무에 앉은 사과가 자꾸만 붉어지기 때문입니다. 사과에게도 하지 못한 사과가 있을까요? 단맛을 '추신'으로 보낼 생각을 하고 있을까요? 꽃을 버린 기억으로 스스로 붉어진다는데, 꽃에 대한 사과의 마음에서 비롯된 걸까요? 해질 무렵 사과나무에 걸터앉은 하늘도 더불어 붉게 물듭니다. 자기 잘못을 인정하고 용서를 구하는 의미의 사과와 사과나무 열매를 뜻하는 사과는 시의 마지막에서 하나가 됩니다. 사과하고 싶다면 "용서받을 때까지 늦가을 사과나무처럼 서 있어야 한다."고,

사과나무에서 울던 새들이 사과를 더 붉게 하고, 붉은 사과에 떨어지던 빗방울이 사과나무를 어루만지고, 그리하여 물어볼 수 없었거나 대답하지 못했던 사과가

있다면, 물어보기 전에 대답을 마련하여, 대답하지 않아도 사과는 그냥 사과였으면 좋겠습니다.

부딪치다

　코로나 바이러스가 번져 봄을 제 계절로 만들려고 해요. 그러나 꽃 없이 살 수 없는 꿀벌을 위해 악착같이 피어나는 목련꽃을 보세요. 망설임 없이 제 기슭을 헐어 내 주는 봄을 좀 보세요.

　요시노 히로시의 시 「동사 '부딪치다」에는 드문드문 다음과 같은 구절이 있지요. "일본 최초 맹인교환원 (…) 부딪치는 것이 있으면 오히려 안심이 되는 걸요 (…) 친근한 장애물 (…) 부딪치는 법, 세상을 소요하는 기술 (…)" 꽃은 피었는데 온통 코로나에 대한 염려로 가득한 봄날, 이 '부딪힘'을 코로나에게 공손하게 대접하고 싶네요. 싸울 입맛을 잃었다고 점잖게 물러나 주기를 바라면서요.

보이지 않는 것의 두려움, 그러니까 공포는 보이는 것이 아니라 보이지 않는 것에서 비롯되지요. 얼마나 많은 바이러스가 보이지 않는 곳에서 우리를 지켜보고 있을지, 그 기슭을 짐작해 봅니다. 친근한 장애물이 차라리 그리워지네요. 안심하기 위해 '부딪치다' 라는 단어를 발음하니까, 이어 '부서지다', '부여잡다' 와 같은 친근한 단어가 장애물을 소환합니다. '부딪치다' 라는 동사는 우리가 잊었거나 잃어버린 것들과 아주 가까이에 있나 봐요.

그리고 마음은 동사예요. 기본적으로 생각도 동사지요. "아주아주 멀리에 어떤 곳이 있어/ 밤이 없는 그곳, 낮밖에 없다네./ 생명의 책을 보면 알게 될 거야/ 아주아주 멀리에/ 어떤 곳이 있다는 걸" 자메이카 그룹 아비시니안스의 '사타 마사가나' 노래 가사의 일부예요. 보이지 않는 마음이 어떤 곳에, 어떻게 있더라도, 우리는 부딪치면서 나아가야 합니다. 부딪힘을 낭비하면서 필요치 않는 생각들과도 부딪쳐야 해요. 아주 멀리서

처음 듣는 노래가 들려오네요.

밤이 없는 그곳, '필요한 부딪힘이 많은' 낮을 어떻게 사랑해야 할까요? 에드거 앨런 포는 자신이 죽을 것 같다고 매일 느끼며, 음산하거나 음울한 이야기만을 독자에게 들려주었지요. 그의 이야기를 들은 독자들은 건강이 나빠진다고 느꼈습니다. 그렇지만 그는 죽음과 부딪치며 잘 살아냈다고 해요. 우울과 부딪쳤던 작가들처럼 지금은 누구나 우울한 봄날, '위기'의 봄날이지만 예기치 않은 '기회'라는 텍스트가 있잖아요.

하루하루가 매우 염려스러운 동시에, 조용히 치열한 동시에, 아슬아슬 줄을 타는 동시에, 무질서 속에서도 안심이 되는 '부딪치다'라는 동사가 있어요. 낙심한 봄을 마주하고 있지요. 보이지 않는 그 어디쯤에서 기우뚱, 더듬거리고, 휘어지는 우울과 함께하고 있습니다. 다만 화창할 뿐인데, 봄볕으로 우울의 기분을 감당하지는 마세요. 코로나에 부딪치며 완성으로 나아가는 봄이, 지금 여기, 있으니까요.

문득

지금 이 순간,
그가 하고 있을 생각을 생각합니다.
점점 식어가는 그의 겨울을 생각하는 동안에도
겨울은 약해지지 않으려고 숨을 죽입니다.

쉬!
문인수다

  지금 이 순간, 그의 미소를 생각합니다. 기승전 '쉼
표'가 내던지는 툭! 툭! 참, 애 터지는 시의 노고를 생
각합니다. 내연과 외연을 꽉 채운 여백의 밀도에 애가
탑니다. 겨울을 지나는 노구와 발화되었으나 발음되지
않는 시어의 행간에서 그의 눈매를 생각합니다. 생각
하는데도 생각되지 않는 지금 이 순간, 그가 하고 있을
생각을 생각합니다. 점점 식어가는 그의 겨울을 생각
하는 동안에도 겨울은 약해지지 않으려고 숨을 죽입니
다. 새 잎을 위해 성큼성큼 발소리 내는 새 가지들, 시
의 감정과 시의 열정과 시의 호기심은 한겨울에도 푸
르디푸릅니다.

놀랍도록 우아하고 눈물겹도록 찬란한 것이 시를 사는 그의 생활인가요? 누추한 생활을 견디게 하는 것이 그의 시인가요? 용기와 부끄러움을 모르는 서정에 대해 그는 "나의 시에서 서정이 빠진 적은 없습니다. 소재가 무엇이든, 배경이 무엇이든 서정이 깃들어 있지요. 서정은 지금도 나의 영혼을, 시심을 흔들어 깨웁니다. 서정이라는 단어 자체에서 흡족함, 만족감을 느끼지요."라고 했습니다. 어느 시인이 그랬지요. 깊은 밤 '울부짖는 서정'을 끌고 밤안개 술렁이는 벌판에 시의 구덩이를 파라고, 구덩이에서 들리는 서정의 울음에도 불구하고 여전히 서정이 찾아오지 않는 날, 작정하고 그의 서정을 호명해 봅니다. 그의 미소 같고 그의 눈매 같은 겨울 끄트머리쯤 서성거리고 있을 서정, 왜소해지고 작아지는 시에게 잘해주고 싶은 서정입니다.

　　노인께서 참 난감해하실까 봐 "아버지, 쉬, 쉬이, 아이쿠 아이쿠, 시원하시겠다아"
　　농하듯 어리광부리듯 그렇게 오줌을 누였다고 합니다

　　온몸, 온몸으로 사무쳐 들어가듯 아, 몸 갚아드리듯 그

가 그렇게 아버지를 안고 있을 때

　노인은 또 얼마나 작게, 더 가볍게 몸 움츠리려 애썼을
까요. 툭, 툭, 끊기는 오줌발, 그러나 길고 긴 뜨신 끈,

- 문인수 「쉬」 부분

　이야기의 한 장면이 섬세하게 전달될 때 전이되는 감
정이 있습니다. '농하듯 어리광부리듯' 하는 것은 결
국 '농' 이며 '어리광' 이겠지요. 노골적인 감정으로 치
닫는 이 시는 서정의 고고학에 가깝다고 하겠습니다.
조용한 소리를 환기하는 '쉬', '쉬이' 가 잠든 우주의
먼 시간을 깨웁니다. 또한 머뭇머뭇거림에서 나오는
'뜨신 끈' 은 그의 뒷모습과 흡사하다고 해도 무리는
아닐 겁니다.

　'쉬' 와 '머뭇거림' 사이에 돌아앉은 다정함과 민망
함이 있습니다. '툭, 툭, 끊기' 며 짐짓, 오래 누어도 좋
다는 표정과 습자지처럼 옅은 미소를 짐작하며 태연한
'쉬' 와 돌연한 '오줌' 의 먼 시간을 헤아려봅니다. 특
별할 것 없는 이야기의 구문이 연민의 구문으로 전환
되면서 한층 더 각별해집니다. 보살피다 속에는 살피

다가 들어있습니다. 보살피려면 먼저 살펴야합니다. 아버지의 동작을 살펴 아버지를 보살피는 지점이 바로 그의 시가 탄생하는 자리입니다.

새소리 매미소리 하염없는 물소리, 무슨 날도 아닌데 산소엘 와서
저 소리들 시끄럽다, 거역하지 않는 것은
내가 본래 적막이었고 지금 다시
적막 속으로 계속 들어가는 중이어서 그런가,
그런가 보다.

- 문인수 「적막 소리」 부분

모든 죽음과 죽임은 살아있었다는 증거라 했습니다. 그러니까 현재에도 '살아있다는 증거' 로 그의 시가 읽히고 있는 것입니다. 문학적 촉수가 더 안타깝게 다가가는 쪽은 언제나 구석지거나, 한물갔거나, 소외된 쪽이라고 했습니다. 이 촉수의 만짐은 절대적으로 절실함에 있다고 해야겠지요.

죽음과 죽임이 서로 의지하고, 서로 사랑하고, 이 또한 사랑하기 위한 하나의 방법입니다. 그는 또 글을 쓰

면서 조심하는 것이 글을 통해서 '대오각성'을 하거나, 무엇을 강력하게 '주장'하거나, '아는 척'을 하거나 남을 가르치려는 태도, 어떤 '교훈'을 주고자 하는 태도 같은 것에 대해 조심한다고 합니다. 그러나 시를 쓰고 싶은 욕심만은 꺼지지 않고, 늘 같이 붙어 있어 줬으면 좋겠다는 욕심을 내기도 합니다. '적막'에도 '산천'이 들어 있어 '소리'를 낸다 하는데, 여기에 더 보탤 것이 무에 있겠습니까? 파블로 네루다의 시 「시월의 충만함」에 이런 구절이 있습니다. "조금씩 조금씩, 그러면서도 거대한 도약으로,/ 생이 내게 일어났으니,/ 얼마나 대수롭지 않은가 말이다, 이 일은," 자꾸만 사족으로 치닫는 내 욕심을 덜기 위함과 문인수의 욕심에 힘입어 이 시의 제목을 '시의 충만함'이라고 대체하며 서둘러 끝을 맺습니다.

고추잠자리와
이하석의 환한 밤

사람들은 모두 어딘가로 갈 데가 있고
집요하게 뭔가를 기다리고 있다
그들이 바쁘게 일어설 때까지,
그들이 사라질 때까지
가방들은 완강하게 입 다물고 자리를 지킨다
- 손바닥 시선집 「환한 밤」

한 시인의 '시론'을 요약할 수 있는 기호가 있으면
좋겠습니다. '시인론'을 지시하는 코드가 있으면 좋겠
습니다. 시력으로나 인력으로나 너무도 광범위하여 참
혹하게 고독합니다. 무수한 생명을 깃들이고, 그 생명
을 번성하게 만드는 터전으로서의 자연과 소통이 고독

하게 참혹합니다. 아닙니다. 오히려 그는 믿지 않겠지만 고독함보다는 고고함에 가까운 시인입니다. 질문하고 싶은 시인입니다. 서투른 질문에 온화한 정답을 내놓는 시인입니다. 시라는 칼은 손잡이 전체가 칼날인데 반해 그는 칼날 전체를 손잡이로 만드는 시선을 가졌습니다. 독기와 살기 없이도 그의 미소는 급소를 급습합니다. '조곤조곤' 만으로도 그의 말투는 요점을 충분히 전달합니다. 매력보다 매혹이 앞서는 시인입니다.

그러니까 풀 '꽃의 이름' 을 붙여주며 귓속말을 하는 시인이고, 그리하여 마침내 우리 이야기를 수채화로 그려내는 시인입니다. 눈물겨운 황홀함으로 가야의 영혼을 지닌 시인이며, '삼국유사의 현장' 을 찾아가서 월명선사의 피리를 부는 시인입니다. 또한 그가 남긴 '늪을 헤매는 거대한 수레' 의 필연적인 흔적은 거대한 고독의 흔적, 우포늪 수면에 비친 그의 그늘은 '시로 미처 풀어내지 못한 현실과 문명, 자연에 대한 우려와 비판의 목소리' 입니다. 더불어 예리한 관찰이 점차 우울한 성찰의 시선으로 바뀐 것은, 그가 지속적으로 천

착해 왔던 시 세계의 연장선에서 비롯된 것으로 짐작됩니다.

'대책 없는 말들, 책임질 수 없는 구호들, 경직된 감정의 과잉 배설'의 시대에 시인은 '카메라를 가지고 다니며 수백 장의 사진을 찍고 그것을 다양하게 현상 인화하고, 그렇게 모아진 자료들을 분석하고, 그 분석된 자료에서 묘사 하나 하나를 만들어 시 한 편을 제작'하는 태도를 취했습니다. 이와 같이 '시는 쓰는 게 아니라 제작하는 것'이라는 태도를 취한 것은 1970년 대에 대구 화단에서 일어난 팝 아트, 하이퍼 리얼리즘, 설치 미술 등의 전위적 경향으로부터 일정한 영향을 받은 것이라고 합니다.

때론 자신도 모르게 발길이 닿는 곳이 있습니다. 조용함에 끌려 도시 근교의 '공동묘지'에 관심을 보이는 시인은 간혹 그곳에서 책을 읽고, 원고를 다듬기도 한다고 했습니다. 날마다 '고요'라는 꽃이 피는 공동묘지, 거기 삶이 각별하다고 여기는 것은 거기 사는 영혼이 워낙 과묵하고 점잖기 때문이겠지요. 어쩌면 시인

처럼,

　최근에 낸 『향촌동 랩소디』는 낡은 골목을 떠올리게
합니다. 호기심 어린 '기웃거림'을 메모한 시들이라
그런지, LP에서 흘러나오는 '지직거림'이 귓바퀴를 돕
니다. '정서의 높낮이를 다시 짜 맞추'는 것 같고, '추
억만 덕지덕지한 근대의 현대'가 추억의 멱살을 잡는
듯 합니다. '잔발, 비빔발, 따달발, 구름발, 엣지발'로
사교춤을 추는 신발들이 바쁩니다. 하여 또 사랑이라
는 고집으로 새로운 간판들이 늘어나고, 그리하여 중
앙로역 지하철 화장실에는 거울 보며 화장을 고치는
늙은 언니들이 줄을 섭니다.

　'새 떼들 산 너머 바다를 건너가고 있'을 무렵, 저물
어 가는 11월에 그가 있습니다. 중심에 있지만 중심이
되지 않은 채 중심의 감정에서 벗어나고 있습니다. 속
절없는 그의 「하늘」에는 불모의 단어가 쌓여갑니다.
그러나 그 깊이를 다 가늠할 수 없어 본질적이고 총체
적인 고독으로 나아갑니다. '서로가 서로에 대해 눈부
셔'하며, '서로가 서로를 그립게 바라보'며, 좀 더 불

확실한 지점으로 나아가고 있습니다.

문학에 「상응」하는 것은 '살아가고 있는 현실적인 삶을 말로서 드러내는 것'이고, 끊임없이 새로워지는 작업을 하는 것이라고 합니다. 또한 그는 시에 대해 혹은 삶에 대해 "많은 걸 담으려는 욕심을 버려야 한다고 말합니다. 그리움이 나를 지탱할 것이므로, 사랑을 구체적으로 말해야 한다고, 그것이 살아가는 이유라고 여깁니다. 세상은 여전히 어둡지만, 사랑의 말은 여전히 동튼다."고 합니다. 도道 통한 목소리를 경계하는 대신,

끊임없이 몸을 부딪혀 삶의 골짜기에서 말을 건져냅니다. 세상 모든 「길」에서 혹은, 대구 「향촌동」에서 작가와 독자의 삶이 소통되고 공감되는 것처럼, 그의 문학도 독자들에게 공감할 여지를 줍니다. "나무는 모든 계절의 끝머리쯤에서/ 망각되거나 의심 되어지는 게 아님을, 언제나 그렇듯 나무가 선 그곳이/ 모든 계절의 출발점인 것을,/ 나도 그렇게 비탈에 서 있음을," 「나무」의 무한함은 시인의 무한과 다르지 않습니다. 예컨

대 작품의 무한함은 그러므로 정신의 무한함에 다르지 않습니다.

한편, 시인이 직접 그렸다는 단아한 수묵의 초상화를 문질러 보았습니다. 씨실과 날실의 질감이 고스란히 손끝에 전해졌습니다. 오랜 시간이 지났음에도 붓끝의 떨림이 거짓말처럼 남아 있었습니다. 섬세하고 정갈한 선들은 시인의 '더듬이'고 '호흡'이며 '숨결'입니다. 내적이거나 외적 어디에도 사족 같은 권위가 없습니다. 어떤 타협의 흔적도 찾아볼 수 없습니다. '닫혀' 있고, '쌓여' 있고, '놓여' 있고, '구겨져' 있고, '기다리고' 있지만, 함부로 열어볼 수 없는 감정적 이입은 완강합니다. 하여 '시론'이나 '시인론'을 요약하거나 지시하는 코드나 기호가 있을 리 없습니다. 그래서 다시 참혹합니다.

불가능의
이성복

그해 겨울이 지나고 여름이 시작되어도
봄은 오지 않았다 복숭아나무는
채 꽃 피기 전에 아주 작은 열매를 맺고
不姙의 살구나무는 시들어 갔다

— 「1959년」 부분

　책을 읽기보다 훨씬 좋은 것은 읽은 책을 다시 읽는
것이라고 했듯, 그에 대한 강의를 듣는 것보다 더 좋은
것은 강의를 받아 쓴 '강의노트'를 읽는 것입니다. 노
트 여백을 어지럽힌 '낙서'를 읽는 즐거움과 고뇌하는
빨간 밑줄과 북극성처럼 외따롭게 표기된 '별'을 발견
하는 일입니다. 이런 기쁨을 주는 이십여 권의 강의노

트는 내 삶의 원심력과 구심력의 역할을 합니다. 자책하고 회의하며 바깥으로만 뛰쳐나가려는 글쓰기를 붙들어 주며, 유난을 떠는 방황과 바깥으로만 도는 소란스러운 생각을 붙들어 주기도 합니다.

또한 언어를 가지고 장난치라고 했을 때는 언어와 사투를 벌였고, 힘을 빼라고 할 때는 도리어 힘을 주기도 했습니다. '상황을 단순하게 제시하고 그 상황 자체를 이야기' 할 수 있도록 하라고 했지만, 상황을 이야기해 버렸으므로 단순성은 문장의 복잡성이 되고 말았습니다. 하지만 문장이 건너지 못하는 심연을 피하지 않고 극복할 수 있도록, 징검돌을 놓아 주는 '강의노트'가 있으니 안심이 됩니다.

"작가의 역할은 상황을 진실하게 묘사하는 것이다. 독자가 더 이상 그 상황을 피해갈 수 없도록." 안톤 체호프의 말과 "드로잉을 한다는 것은 관찰된 무언가를 다른 이에게 보여주는 것이 아니라 보이지 않는 무언가가 계산될 수 없는 목적지에 이를 때까지 동행하는 것"이라는 에드워드 사이드의 말이 인용된 어느 날 강의 노트를 펼쳤을 때, 문득 이르지 못한 목적지에 이르도록 동행하는 목소리가 들립니다.

그는 뒤돌아보지 않으며 뒤돌아서 생각하고, 여리면서 예리한 더듬이를 가졌으며, 날이 서 있지 않으면서 날카롭습니다. 버려진 것과 아득한 것, 비근한 것과 비천한 것, 속절없음과 부질없음들 사이에서, 남에게 준 상처들이 순간적인 유혹에 빠져 생긴 것들이라며 후회하고 반성합니다. 하지만 이내 또 유혹에 빠져들어 후회와 반성을 거듭한다고 합니다. 그가 초등학교 5학년 때 혼자 서울로 상경한 일을 두고 '대단한 결단' 이라고 입을 모으지만, 사실은 억누를 수 없는 충동에 맞선 섬약한 기질의 패배일지도 모른다고 하였지요. 스스로도 유혹에 약하고 감각적 유혹엔 특히 쉽게 허물어진다고 고백합니다.

"시적 글쓰기는 비틀기, 틈새 만들기, 어긋나기예요. 가령, '나는 밥을 먹고…' 라는 말 뒤에 '밥그릇 속에 잠시 앉아있었다' 는 말을 끼워 넣으면 생각지도 못한 일이 생겨나지요. 문장을 살짝 비틀기만 해도 새로운 인식이 생겨나요. 그건 어둠 속에서만 볼 수 있는 섬광이에요."

벚꽃이 만발한 지난 봄, 남해금산 강연에서 '자신은 자신을 볼 수 없으며 결코 자신이 될 수 없다'고 하며, 이건 인생을 알 수 없는 것과도 같다고 하였지요. 자신을 볼 수 없음과 인생의 알 수 없음을 연결시켜 비틀고, 틈새를 만들어 '남해'의 'ㄴ'과 '금산'의 'ㄱ'을 합쳐 'ㅁ'이 되는 결론까지 동행한 적이 있습니다.

섬세함과 견고함과 세심함이 섬광처럼 바다와 산(돌)을 하나 되게 하였습니다. 남해금산 자신은 추호도 알수 없고 절대 볼 수 없는 '틈새'를 보여주기도 했습니다. 'ㅁ'은 '남'과 '금'에 공통적으로 들어 있는 자음으로 '남해금산'을 강조하는 역할을 하고 '남해'와 '금산'을 합체하는 상징적 역할을 하기도 합니다. 남해의 'ㄴ'은 낮고, 금산의 'ㄱ'은 높습니다. 높고 낮은 이곳에서 '떠나가는 그 여자'를 '해와 달'이 끌어 주고 더불어 완성되는 시와 함께 강연도 완성되었습니다. 쉬운 말은 어렵게 듣고 어려운 말은 쉽게 듣기도 하였습니다.

언젠가 사십 년도 더 된 버려진 소파 밑에서 뜯어 낸 천조각에 '非詩勿視'라고 쓴 문구를 건네받았습니다. 거울 앞에 붙여 놓고 매일 들여다보는데도 불구하고, 이 문구를 배반하는 일이 다반사입니다. 실패하는 일이 비일비재합니다. 시가 아닌 것들에게 수많은 눈길을 보낸 날은 마음 놓고 아프지도 못했습니다. 오래된 천조각은 나를 대신하여 '非詩勿視'를 고스란히 감당하고 있는 것 같았습니다. 불굴의 낙서 같고, 불멸의 일기 같고, 불임의 시간들이 그러하였겠지요. 어쩌면 눈이 점점 멀어지는 시간을 통과하고 있는지도 모를 일입니다.

박정남과
나팔꽃과 어둠

그러니까 2019년 마지막 날, 그녀가 내민 한 권의 시집 자서에 눈길이 오래 갔습니다. "이것을 견디지 않을 수 있을까?/ 수없이 나를 의심했다// 자주 불가능해서/ 슬퍼할 자신이 생겼다"(최문자 시인의 말) 조금 흥분됐고, 조금 소름 돋았고, 조금 안심이 되었습니다. 그녀! 그냥 그녀, 라고 부르고 싶습니다. 시란 혹은 아름다움이란 견딜 수 없는 어떤 것이라고 했습니다. 그녀는 견딜 수 없는 시와 견딜 수 없는 아름다움의 경계에 있는 것 같습니다. 명명하기 어렵고 가늠하기 어려운 무게와 깊이와 더불어, 시와 고통의 경계에 있습니다. '이혼하고 혼자 사는 여자들이 왜 시를 잘 쓰는지 알 것 같다'며 욕망은 또 다른 욕망을 은폐했습니다. 이 말에 덩달아 흥분되었고, 덩달아 안심이 되었습니다. 무언가에 속하기를 거부하는 것, 경계에 충실하기 위한 '거부'에 호감이 갔습니다.

폼 잡지 않고도 그녀의 문장은 폼이 납니다. 고집과 정직을 넘어선 그녀의 입에서 나오는 말은 시와 딱 맞아 떨어질 때가 많습니다. 착착 준비되어 척척 나오는 것 같습니다. 그녀의 온몸에 기입되어 있는 생각이 내 생각에 가입될 때도 있습니다. 신기한 게 무언지 대단한 게 무언지 잘 모르겠는데 그녀를 보면 무작정 신기하고 무조건 대단하다는 생각에 사로잡힙니다. 왜? 왜일까요? 한 사람의 표정을 모두 모은다고 그 사람의 얼굴이 되지 않는다 했지만 그녀의 시를 모두 모으면 왠지 그녀의 인생이 될 것 같습니다. 불행인지 행복인지 모르겠지만.

"나팔꽃은 새벽 두 시에서 네 시 반 사이에 핀다 나팔꽃이 피는 데는 얼마간의 어둠이 필요하다 이제 나팔꽃은 하나같이 아침 일찍 일어나라고 나팔 불지는 않는다 (중략) 나팔꽃은 아침 일찍 피어 내 어린 날처럼 따라다녔으면 좋겠다 동네방네 무슨 좋은 일이라도 있으면 크게 나팔 불어 소문을 내주었으면 좋겠다"(「나팔꽃과 어둠」 부분) 이 시는 '나팔꽃'이 피는 데 필요한 얼마간의 '어둠'에 묘미가 있습니다. 삶에서 밝음을 데리고 나온 어둠의 환호성으로 나팔꽃은 핍니다. '아침 일찍 일어나라'고 따따 뚜뚜 부는 나팔과는 대조적입니다. 그것은 얼마간의 '어둠'으로 피어났기 때문입니다. 그럼에도 불구하고 뚜뚜 따따 나팔꽃으로 나팔을 불어 문득 '어린 날'을 소환하고 싶어집니다.

인체 드로잉을 배우고 싶은 그녀의 마음은, 그림을 그려보라던 대학시절 스승이었던 김춘수 시인의 말에 의한 것(그렇게 생각한다)인지 모르겠으나, 그림을 그리고 싶다는 말을 자주 들은 것 같습니다. "다홍다홍 불타는 석류나무꽃과/ 그 잔잔한 잎의 석류나무를/ 커다란 가죽가방 안에 넣어/ 끌어안고 기차를 타고 가는 시인은 // 아흔아홉 구중궁궐 같은 붉은 치마"(「김춘수의 가방」 부분)

스승에 대한 애정이 시의 이미지 전면에 깔려 있습니다. 무거운 눈꺼풀처럼 닫혀 있는 스승의 가방 속에서

알알이 여물어 갈 석류를 생각합니다. 기차 타고 석류의 계절을 지나 바다로 가는 시인,

'황혼녘 불로동 고분군의 억새와 아파트에서 보이는 범물동 가톨릭 묘지의 굴참나무 색깔이 참 아름답다' 했는데 석류 꽃잎의 입술을 가진 그녀의 색깔과도 잘 어울리는 것 같습니다.

흔들어도 계속되는 불길한 꿈처럼 그녀의 시어들은 아무리 흔들어도 흔들리지 않는 꿈같습니다. 어쩌면 그것은 시인의 아리따운 입술에게 책임을 물어야 할 것입니다. 무쌍한 꿈을 배반하는 입술 어딘가에 석류 빛깔 언어의 꽃봉오리를 숨겨둔 게 틀림없습니다. 그녀의 시 한 알 한 알이 석류의 심장을 뛰게 합니다. 다홍다홍 알알이 박힌 시는 열정적인 그녀의 영혼과 결탁되고, 언어에 내포된 힘과 시인의 당당함은 간결한 행간을 통해 이해됩니다. 바라건대 앞으로의 시 또한 노골적인 고백이나 영혼을 통과한 은유이기를, '나팔꽃은 새벽 두 시에서 네 시 반 사이'에 피어 절망으로 끝나기를,

시가 장옥관에게서
피어날 적에

몸도 아니고 마음도 아닌 곳에서

눈물이 흘러나오듯

너 없이도 혼자 피어오르는 것이

또한 사랑이어서

- 「내가 네게서 피어날 적에」 부분

"오늘 시를 쓰지 않았으면 전직 작가다." 시인이 했던 말 중, 가장 많이 듣고 가장 새겨들은 말 같아요. 그러니까 이 말은, 한 번도 전직 작가였던 적 없던 시인의 '악몽'일까요? 전직 작가만이 할 수 있는 시인의 '길몽'일까요? 시를 살고, 시에서 피어나고, 시에게 돌아가려는 '백일몽'이라고 해둘게요.

다시, 시를 온전히 만나기 위해 터벅터벅 걷다가 머리맡에 자신의 걸음을 두고 잠에 들지요. 시인의 잠은 꿈에 들지 않고 꿈을 통과합니다. 다시 살아 보는 것이 삶이고, 삶을 위해 미리 살아 보는 것처럼요. 꿈에서 달을 만나고 달에서 꿈을 꾸며 시인은 시의 아름다움을 넘나듭니다.

어스름이 깔리던 어느 날, 대구 하빈의 고택 마을을 산책하던 중이었지요. '꼬끼오!' 느닷없는 닭울음소리에 시인이 그러더군요. 잘 들어보라고, 저 닭이 '옥관아!' 하고 부른다고, 닭이 시인의 이름을 부르다니요! 허무맹랑하지만 시를 좀 아는 닭이라고 생각했어요. 이렇듯 닭울음소리로 모든 저녁을 무장해제 시키는 시인입니다. 닭울음소리로 저녁이라는 끼니를 때우게 하며, 남의 웃음은 탈탈 털어내고, 자신의 웃음은 끝내 내놓지 않는 시인입니다.

'모란은 벌써 지고 없는데 먼 산에 뻐꾸기 울면' 시인이 부르는 노래가 어스름을 더 짙게 물들입니다. 그리하여 가장 아름다운 노래는 가장 아름다운 시인에게서 태어납니다.

　사랑한다는 말은 당신이 죽지 않아도 된다는 누군가의 말처럼, 죽어가는 혹은 죽어있는 사물을 위해 노래의 주술을 부립니다. 감성이라는 물질로 된 시인이기에 '동백은 벌써 지고 없는데 들녘에 눈이 내리면' 그리하여 그는 다시 어쩔 수 없이 아름다운 시인이 됩니다.

　'너 없이도 혼자 피어오르는' 사랑처럼 두근거립니다. '사랑'이 무엇인지 더 들여다보다가 '이별'과 마주합니다. 피고 지는 유전적인 꽃들이 이별을 향해 피는 방식으로, 두근거립니다. '물안개'에서 '메아리'까지 나무에 환장하게 매달리는, 온통 봄! '내가 네게서 피어' 나는 것은 봄을 정성껏 살아내는 시인의 방식입니다. 시를 이해하기 위해 다정한 한때를 살아보는 시인이기 때문이지요. '몸'도 '마음'도 아닌 곳에서 '눈물'이 나왔다고 하지만, 시인의 언어는 몸과 마음을 관통하여 눈물과 만납니다.

　시의 적이 시인의 적이라고 치자면 시의 슬픔은 시인

의 슬픔이고, 시의 기쁨은 시인의 기쁨이 될 테지요. 시의 편이 되지 않아 시인의 편이 되지 못한 세상 모든 적들을 위해 시인은 언어의 주술을 부립니다. '화투장'과 '의수'와 '물귀신'과 '구더기'를 소환하여 죽음의 알레고리를 사랑의 알레고리로 치환합니다. 또한 강가에 처박힌 썩은 나무토막이나 돌멩이들을 주워 마구 우깁니다. 그것들의 '자세'에 대해 혹은 '전생'에 대해, 경건함과 무례함과 지고지순함에 대해,

금방이라도 왈칵 쏟아질 듯한 별이 빛나던 몽골의 밤이었지요. "여기 와서 그렇게 놀면 안 돼. 이렇게 놀아야지." 나의 '그렇게'가 시인의 '이렇게'로 전환되어 몽골의 밤은 목이 긴 추억이 되었습니다. 시는 보행이 아니라 춤이라고 했듯 시인의 춤은 시였어요. 퇴고하지 않는 춤, 비포장도로의 춤, 별과 모닥불과 몽골 악사들과 그리고 초원에서 타오르는 춤, 한밤의 초원은 시를 초월하기에 충분하였지요.

만약 영혼이 있다면, 영혼에게 자신이 깃들 육체의 보금자리를 선택하라고 한다면, 아마 시인을 가장 먼

저 점찍을 것 같습니다. 혹은 영혼을 찍는 카메라가 있다면 아마도 세상에서 가장 핸섬하고 댄디한 영혼으로 인화될 것입니다.

이별 한 말
곱장리로 꾸어 온 시인 이기철

눈 속에서 지난 해 지워진 쓴냉이 잎새가 새로 돋고
물레방앗간 뒤쪽에 비비새가 와서 울면
간호원을 하러 독일로 떠난 여자친구의 항공엽서나 기다리며
느린 하학종(下學鐘)을 울리는 낙엽송 교정에서
잠처럼 조용한 풍금소리를 듣는 2급정교사가 되어 살려고
생각했다.

- 이기철 「이향(離鄕)」 부분

"내가 만난 사람은 모두 아름다웠다." 이 한 편의 시
가 그에게는 옷이며 세계며 외침이며 기쁨이었을 것입
니다. 슬픔도 자랑이 될 수 있듯 기쁨도 자랑이 되지
못할 수도 있었을 것입니다. 언어를 가지고 시를 경작

한 그의 세계는 따뜻하거나 쓸쓸했지요. 육체를 가진 그의 언어들은 겨울이 되어 흰 눈으로 왔습니다. 시와 시인의 숙명에 가닿기 위한 적요들이 보이지 않는 눈을 뜨고 있었으므로 소복하게 쌓인 사소한 외침들은 다정했어요.

시력 40년을 훌쩍 넘기고 20여 권의 작품집을 간행한 시인에게 바람은 '수도생활자의 고백록'이자 '백百의 음색'을 지닌 것, 심사숙고한 상상으로 '바람의 언어는 신라인의 설움舌音'이며 '사랑한다는 말은 사량思量, 사량은 생각의 많음'이었어요. '산산수수화화초초'는 매우 인상적인 제목이었는데, 오래된 책무덤의 숨결과 기지개를 켜는 먼지의 뼈대가 느껴졌죠. 무덤에서 떠돌던 적막이라는 시들이 종아리를 스쳤습니다.

그러므로 그의 시를 사랑하는 일은 '푸른 잎으로 누추를 닦아내는 일'과 '뜨거웠던 입술 하날 발견하는 일'이에요. 혹은 낮게 엎드려 '꽃들의 화장 시간'을 지켜보는 것과 온고지신의 시정신을 가늠해 보는 것입니다. 세련된 인식과 세련되지 않은 심장박동에 동참하는 것이다. 그런게 아니라 '귀鬼와 신神'이 되어 자유 자재로 혼魂과 백魄 사이를 왕래하는 것이에요. 그리고 더하여 시인의 말씀과 고독에 관해서는 짐작으로만 가능하지만, 내가 만난 시인은 진정 아름다웠어요.

  그는 "개나리꽃이 한 닷새 마을의 봄을 앞당기는/ 산란초(山蘭草) 뿌리 풀리는 조그만 시골에서/ 시나 쓰는 가난한 서생(書生)이 되어 살려고 생각했다./ 고급 장교가 되어 있는 국민학교 동창과/ 개인회사 중역이 되어 있는 어릴 적 친구들이 모두 마을을 떠날 때/ 나는 혼자 다시 이 마을로 돌아와 탱자나무 울타리를 손질하는/ 초부(樵夫)가 되어 살려고 생각했다"고 해요.
  고향을 떠난 이의 고달픔과, 끊임없는 회귀의 염원을 꿈꾸면서 그는 행복한 삶의 한 원형을 꿈꾸었어요. 비애와 연민과 고통의 절망은 고향으로부터의 '뿌리 뽑힘'에서 비롯되었지만, 꿈은 아름답습니다. 또한 '탱자나무 울타리를 손질'하고 초부의 삶을 꿈꾸며 초월의 삶에 다다르고 있는데, 그것은 자본주의 사회의 무한 경쟁과 출세주의 혹은 냉혹한 현실에 대한 부정 의식 위에 순결한 꿈을 올려놓고 있는 것이에요.

의식을 억압하는 현실에서 벗어나 그의 시는 고향에서 잉태됩니다. 따뜻하고 목가적인 아름다움으로 위안을 주는 시들이 많지만, 그렇다고 초야에 묻혀 사는 삶이 행복을 보장하지는 않지요. 현재 농촌의 풍경과 인심은 예전과는 달라졌고, 가치 척도나 생활 패턴도 이전과는 다릅니다. 근대화라는 거대한 물결로 인해 공동체 의식은 크게 훼손되거나 변형되었어요. 그러나 시인은 자신의 상징을 위한 자유로운 영혼만으로도 충분해 보이네요.

적극적이고 극적인
변희수의 언어

    언어의 추진력은 언어에 심취되고 도취될 때 발생하지요. 시니피앙(기표)으로부터 도취되고 시니피에(기의)로부터 심취되어 언어의 폭은 '넘어섬' 의 경지에 이릅니다. 도달은 목적이 아니라 수단으로 작동되어야 추진력을 가져요. 따라서 '아무것도 아닌' 언어들이 부정과 긍정으로 변주되면서 차츰 감정의 폭을 확장해나가고 결국 '모든' 으로 귀결되죠. 이와 같이 적극적 언어들은 감정의 소용돌이에 휘말려 극적인 시 세계로 전환됩니다.

    시인은 언어들과 모종의 거래가 있는 게 분명해요. 언어를 앞세워 이리저리 조종해요. 극적효과를 위해 시인의 언어들은 자꾸 '옆' 을 가지려고 해요. 심심하면 언어의 옆구리를 찌르고 달아나고 장난치고 서성거리며 능청을 떨어요. 언어 수위를 조종하고 조절하는 센서의 탁월한 성능이 궁금하네요. 시의 운율에 대해 발레리는 "산문은 보행이요, 시는 춤이다."라고 했어요. 그러니까 그녀의 언어들은 '춤의 언어'로서 독자를 유혹하지요. 언어의 동작은 섬세하고 유연하지요. 한 편의 시는 반복과 리듬으로 완성되고, 세상 모든 단어들은 춤의 동작으로 끝없이 재생되면서 의미를 생산합니다.

어느 늦은 오후, 그녀와 머리를 맞대고 이른 저녁을 먹었어요. '우리는 아직 이 부분에 속해 있으니까/ 이 부분을 오래 들여다보며' 구조화되고 패턴화된 첫 시집에 대해 묻자, 그녀는 무수한 과정들이 있었지만 그 과정들을 걸러내고 가장 엑기스적인 시들만 묶은 결과물이라고 했어요. 당연하지만 글쓰기는 치약이나 약재처럼 대상의 의미(엑기스)를 남김없이 끌어내야(짜내야) 해요. 절박하게 간절하게 달라붙어 적극적으로 쥐어짜야(끌어내야) 극적인 시가 탄생하잖아요. 그녀에게 '아무것도 아닌, 모든 것'은 시,였어요.

사람이 사람의 마음을 얻는 일이 세상에서 가장 어려운 일이라고 했어요. 마음을 얻으려면 적어도 계란보단 '더 개방적이어야' 한다고 말하면서, 시인은 '유정해' 져요. 아무것도 모르고, 어디로 가는 지도 모르는 시/ 삶/ 죽음 같은 계란과 마음이 있어요. 여리고, 깨지고, 곪고, 구린내 나는 치명적인 계란이 시/ 삶/ 죽음을 환기시키네요. '금방 낳은 달걀' 속에는 '흰자' 와 '노른자' 두 개의 마음이 있어요. 우리는 가끔 사랑하는 사람에게 "네 마음이 내 마음이고 내 마음이 네 마음이다."라고 합니다. 여기서 우리는 마음이 내포하는 공백들, 때로는 극적이고 적극적인 균열들, 어떤 게 진짜이고 어떤 게 가짜이건 즐겁게 편집編輯되어 '꼬꼬댁' 거리는 증상들,과 마주하지요.

작품 한 편 한 편이 가지런한 통일성을 갖추고 있어요. '언제라는 말에 슬쩍 기댄' 흐름과 구조가 가지런해요. 한 주제를 앞세우면 그 주제에 맞는 '입술을 모아' 잠자리 곁눈을 가집니다. 굳이 시선을 멀리 둘 필요성을 느끼지 않아요. '혀처럼 출렁거리는 것' 이 있어도 앞과 뒤와 옆만 보아요. 제자리에 앉아서 '밝아오는 세계에 대해' 세밀하게 들여다보아요. '갈 곳이 없어 꽃'이 피어도 애정과 애증이 결합해요. 병렬 스위치를 껐다 켰다 하면서 옆의 언어와 연대합니다. 그러나 '거울은 조금 재수 없다'고 생각하면서,

> 그러니까 이쪽 물결이 저쪽 물결에게
> 두둥실 마음이 서는 것이 추고
> 그런데 아무리 곱씹어 봐도
> 이 추파라는 말은 금방 적응이 안 된다
> 마음이 마음에게 거는 수작처럼
> 수군거리는 데가 있고
> 손발이 오그라든다
> 내가 추파에서 먼 것은
> 수심이 얕고 파랑이 깊지 못해서겠지만
>
> - 「추파를 읽는 저녁」 부분

저수지에 돌을 던진다는 건 추파를 던지는 일, '출렁', '물결', '파랑'의 언어들이 어디까지 번지는가를 지켜보는 일이예요. "나도 모르는 눈물이/ 다정하게 번졌으면 좋겠다"는 시인의 말을 떠올려보면 이 번짐

을 조금은 이해할 것 같아요. '아무리 입을 꾹꾹 틀어막아도' 새어 나오는 웃음을 울음으로 견디며, 시인은 저수지에게 수작을 걸고 돌에게 시의 추파를 읽어 내라고 하네요. 秋波의 궤도를 추적하기에는 아무래도 가을이 좋겠지요. 그녀는 이렇듯 끈질긴 추적자예요.

앞서 말했듯, 시의 추진력은 언어를 밀고나가는 것이고, 언어에 딸려가는 것이고, 고의적인 걸림돌에 걸려 넘어지는 것이에요. 랭보의 말처럼 시는 "생각한다가 아닌 나는 생각되어진다." 고로 그녀는 생각되어지기 위해 견자의 포즈를 취하죠. 견자는 모든 감각을 동원하여 미지로 도달하려는 습관이 있어요. '밥솥을 품고 가는 사람의 뒤를/ 말없이 졸졸 따라가' 는 언어를 통해서만 도달할 수 있는 세계예요. '방에 들어와서 방을 까맣게 잊어버' 리기도 하지만, 즉 이것은 언어의 본질을 구체화하기 위한 일종의 '포즈' 예요. 포즈의 옆에는 진지성과 일관성이 딱 달라 붙어있지요. 그렇지 않으면 시의 포즈는 엉성해지기 때문인데요, 말하자면 인생도 포즈고 사랑도 크게는 포즈라고 했어요. 현상에 머무는 포즈가 아니라 스타일을 관통하여 틈만 나면 '아무것도 아닌, 모든'을 위해 '자꾸 옆을 가지려'는 포즈예요. '먼저 생긴 옆과 나중 생긴 옆에 대해서 이미 옆이 된 것'처럼, 그녀의 말을 빌리자면, 말놀이에서 발생되는 뭔가를 찾기 위함이 아닐까 생각해요. 이것 역시 추파에 대한 오해가 깊어서겠지만,

"강변의 오해란 물이 닿는 순간의 불, 불이 닿는 순간의 물처럼 반짝임 외에 아무 것도 아니지만, 오해다 오해의 구두를 신고 당신과 내가 반짝하고 (중략) 반쪽처럼, 반짝 웃는다"(「착시」부분) 곳곳에서 '반짝, 웃는' 초월과 달관의 언술들이 그저 놀라울 따름이에요. 다만 오해가 개입되기 전까지만, 언뜻 보면 단순한 말놀이 같지만 그 안에서 파생되고 딸려 나와 보푸라기처럼 일어나는 게 있는데요. 말놀이는 밑천 덜 들이고 하는 최고의 장사인 셈인데, 장사와는 거리가 멀고 셈과는 더더욱 거리가 먼 시인은 언어의 사업에 기민하고 예리한 '촉'을 갖고 있어요. 그렇다 해도, 여기에는 한계가 있어 고통과 절망이 따르지요. 감히 고통이 모자란다고 가끔은 절필을 운운하지만 그럴수록 시는 더 그리워지고 간절해져요.

이렇듯 시인은 스스로를 부정하면서 매번 시의 자리를 더듬어요. '검정의 반대편에서 검정을 생각' 하는 감정을 되풀이하지 않으면 안 되는 것도 시인의 숙명이에요. 언제나 고통과 절망과 실패의 연속이어서 한시도 마음 놓을 수 없습니다. 마음을 놓는 것도 좋고, 놓을 수 없는 마음이 있다는 것도 좋아요. 그러니까 시인은 어쩔 수 없이 언어에 종사하는 자예요. 대체로 그렇듯, 단어를 변주하는 글쓰기 방식은 작가라면 누구나 거쳐 가는 과정이지요. 이 과정이 글쓰기의 지름길이란 걸 영리한 그녀가 모를 리 없죠. '자세에 대해 자세히 모르는 사람들' 은 모르겠지만,

'지독한 몽상' 을 통하지 않고서는 언어의 심층에 도달할 수 없어요. 언어의 심층으로 내려가는 길은 누구나 다르고 누구나 같지요. 그러나 시에 대한 끓어오르는 열망이 없다면 불가능한 일, '오래된 밥집' 을 지나 '어떤 말을 이해' 하기 위해서는 돌처럼 몽상과 육체를 가져야 해요. '눈' 과 '귀' 가 모두 사라질 때까지 지고지순해야 하지요. 재치와 끼 혹은 언어에 대한 안목을 가지고 있지 않은 몽상은 망상이죠. 눈치챘겠지만, 단

어를 한 번 물면 절대 놓지 않는 변희수의 집중력과 에너지는 정말이지 놀라워요.

표현주의 화가 프랜시스 베이컨은 "그림은 나를 흥분시킨다기보다는 내 안의 모든 감각의 밸브를 열어줌으로써 나로 하여금 보다 격렬하게 삶으로 되돌아가게 만든다."라고 했어요. 변희수를 베이컨식으로 표현하자면 '세상 모든 언어의 밸브를 열어주는 시인'이라고 명명할 수 있지 않을까요?

뛰는 밴드 위에
나는 POLYP

한 번 더 도전, 한 번 더 실패, 더 나은 실패

- 사뮈엘 베케트

흔히 '못 뜬' 혹은 '알려지지 않은'의 영역을 언더그라운드라고 일컫지요. 유명해서 떼돈을 버는 일명 '뜬' 인기 가수와는 달리, 언더그라운드란 "못 뜬 것의 피난처, 아직 안 뜬 것의 정거장. 뜨고 싶지 않은 것의 해방구, 떴는지 못 떴는지 본인도 남들도 헷갈리는 것의 쉼터"(『날아라 밴드 뛰어라 인디』의 서문)라고 하지만, 인디는 앞의 개념과는 다른 차원의 사회적인 정신이며 미학적인 태도예요. 현실의 오버그라운드가 워낙 좁고, 획일적이고, 더럽고, 치사해서 언더그라운드에 다리를 걸치고 있는 것뿐이에요.

영원하지 못한 젊음에 대한 지질한 갈망,
위로받고 싶은 마음으로 젊음의 희로애락을 노
래하는 밴드 POLYP

'영생'은 밴드 초기 활동 곡으로 꾸며졌으며 '위로
받고 싶은 마음'을 내세운 폴립의 정서가 두드러져 있
지요. 영원한 생명과 젊음 즉 '영생'이라는 앨범 타이
틀은 좌절하고 추억하고 후회하며 항상 어린 날을 꿈
꾸는 모습을 비꼬아 표현한 것, '나만 이렇게 힘든 걸
까?'라는 메시지를 담은 노랫말은 하루하루 지친 일상
을 투영하며 위로의 방법을 제시하고 있어요.

비가 오나 바람이 부나 오직 드럼이나 두드리고 기타
나 튕길 것 같은 인디밴드의 공연 활동은 무대 공연,
버스킹 공연, 대회 참석, 사회적 운동 등을 꼽습니다.
대체로 일상 이야기, 전하고 싶은 메시지가 가사의 주
된 내용이에요. 폴립의 첫 앨범 수록곡 「MIDNIGHT
WITCHES」는 위로받고 싶은 일상의 나약한 면들을 가

감 없이 표현해 낸 곡이라 할 수 있죠. 자정이 넘은 시간 커튼 뒤에 드리운 그림자가 악마라고 믿어 두려움에 떨었던 어린 시절이 있었어요. 잠들기 전 막연한 것들에 대한 두려움과 고뇌는 새로운 악마를 불러와 밤잠을 설치게 하였지요. 음악을 통하여 '위로받고 싶은' 폴립의 의도를 가장 잘 담고 있는 곡이며, 공격적인 드럼비트와 반복적인 선율로 가사의 처절함을 끌어올리는 곡인 것 같아요.

대중음악은 주류의 음악 유통 시스템 아래서 자본에 의해 상업적으로 제작되지요. 따라서 창작자 의도가 자본의 영향으로부터 벗어날 수 없어요. 반면 자본으로부터 '독립' 해서 자기들만의 음악을 추구하는 인디 음악은 이와 반대로 창작자 의도가 순수하고 온전하게 담겨지지요. 하여, 완성도 높은 사운드와 패션과 비주얼의 복합체인 화려한 퍼포먼스가 아니더라도 나름 자신들만의 메시지와 목소리(톤)를 가지고 있어요. 폴립은 '위로 받고 싶은 밴드' 라고 자신들을 소개해서 그런지? 왠지 위로하고 싶은 밴드예요. 공연장에서 밴드를 소개할 때 "저희는 위로받고 싶은 노래를 합니다.

어떻게 감히 저희가 위로할 처지가 되겠습니까?"로 시작하지요. 약간 건방진 것 같으나 겸손하고, 알면서 속아 넘어가는 기분이 드는 멘트예요. 자신의 이야기를 들려주는 데 그치지 않고, '목이 쉬어버려 인사말은 긁혀도' 듣는 사람이 그 이야기를 통해 자신을 투영할 수 있게 하고 싶다니, 갸륵하고 기특하지요.

어린 시절 따뜻하게 이름 불러주던 부모님, 동네 곳곳을 뛰어다니며 서로의 이름을 외치던 친구들과의 즐거운 숨바꼭질은 이제 추억이 되었어요. 두 번째 싱글 〈Haruki The Cat〉, 지금 홀로 선 세상에서 들려오는 우리의 이름들은 차갑고 냉정해요. 우리의 세상에서 각자의 세상을 살고 있는 우리, 집을 잃고 이름을 잊은 고양이처럼 외로운 밤길을 사뿐사뿐 걷고 있는 것이 아닐까. 해서 이름 없는 고양이에게 외로움을 그려낸 소설가 하루키의 이름을 붙여주었어요. "하고 싶은 말들도/ 듣고 싶은 마음도 / 돌아가는 불빛처럼 노래가 끝나면 잠들어/ 멀어지는 니 모습/ 늦출 수가 없어서/ 돌아가는 불빛처럼 노래가 끝나면 잠들어" 교복을 입고 학교 다니던 시절을 추억하는 세 번째 싱글 〈Karaoke

Days), 익살스런 성격 때문에 친구들에게 진지한 마음 한 번 전해 본 적 없어 음악에 그 마음들을 담았는데요. 평범한 날들이지만 자신에게는 너무나 소중한 날들이었다는 가사를 넘어 모든 선율에서 정말 고마웠고, 그립고, 사랑한다는 것을 느낄 수 있었으면 하는 메시지예요.

단지 음악이 좋아서 마음 맞는 사람들과 함께 시작한 폴립이었지만, 현장 공연을 넘어서 대중들과 만나고 싶은 열정이 자꾸만 생겨요. 인디음악이라고 하면 공연, 청중과의 호흡을 먼저 떠올리게 되지요. 하지만 더 많은 사람들에게 알리기 위해서 공연뿐 아니라 실제로 음원 혹은 앨범을 출시하고, SNS 등의 홍보 수단을 갖춰야 하는 것이 일반적이죠. 문화는 인공적으로 조성되는 것이 아니라 자연스럽게 탄생해요. 지금까지 수십 년 동안 예술인들과 문화사업자에 의해 생겨난 문화, 지역들이 대기업 자본을 등에 업고 등장하여 상업 브랜드의 입점으로 피해를 입습니다. 결국 그 지역의 문화를 만들어낸 그들은 치솟는 임대료를 감당 못해 떠날 수밖에 없게 돼요. 흔적만 남긴 채 영원히 사라지지도 못하고 그 주변을 서성거립니다.

  그럼에도 불구하고 자유롭고 활발한 제도적 지원이 효율적으로 이루어진다면 더욱 큰 영향력을 발휘할 것으로 짐작해요. '돌아가는 불빛처럼 노래가 끝나면' 얼렁뚱땅 뛰는 밴드야, 얼기설기 대중들과 함께 나는 폴립아, 삶은 백지 상태의 여정이에요. 어차피 태어나는 자체가 맨땅에 헤딩이고 보이지 않는 길을 가는 것이잖아요. 지금 눈앞에 있는 것이 무엇이든 거기서부터 출발해요. 언더가 없으면 오버도 없어요. 그래도 너무 오버하지는 말아요!

그윽하게

그럼에도 여전히
사랑은 탄생하고, 움직이고, 진행됩니다.
어떤 식으로든 사랑은 불가능에 대한 오마주입니다.

오마주

- 가장 아름다운 작품은 아직 탄생하지 않았다

만약 당신을 흥분시키는 어떤 이미지 앞에서 호흡 장애가 온다면, 혹은 목소리에서 어떤 통증이 유발된다면, 일손을 놓고 그 안에 빠져 버리세요. 거기서 무언가를 발견하거나 깨닫게 된다면 출구 없는 지독한 사랑의 성소가 될 것이니까요. 대부분의 작가들은 예술 활동을 하면서 예기치 않은 작품들과 예기치 않은 사랑에 빠집니다. 그 사랑 안에서 결코 빠져나올 수 없도록 생각이 생각을 꽁꽁 묶어 놓습니다. 표정이 표정을 챙깁니다. 어쩌면 쉼보르스카가 자신이 쓴 시를 아는 것보다 독자가 그 시를 더 잘 알고 있을지도 모릅니다. 그 시는 쉼보르스카 기억 속에 각인되어 있지 않은 다른 방식으로, 후대 작가의 기억 속에 각인되기도 하니

까요,

연결과 고리

"문 손잡이와 초인종 위/ 한 사람이 방금 스쳐간 자리를/ 다른 사람이 스쳐가기도 했다./ 맡겨 놓은 여행 가방이 나란히 서 있기도 했다./ 어느 날 밤, 어쩌면, 같은 꿈을 꾸다가/ 망각 속에서 깨어났을지도 모른다."(「첫눈에 반한 사랑」)

쉼보르스카의 시를 읽으면서 눈에 보이지 않는 수많은 연결고리에 대해 생각합니다.

내가 앉았던 동네 영화관 자리에 다른 사람이 앉아 다른 영화를 봅니다. 다른 자리에 앉아 같은 영화를 보기도 합니다. 자리는 의도하지 않은 사람들의 '연결고리'이기도 하지만, 의도한 사람들의 '연결고리'가 되기도 하지요. 한 편의 시가, 혹은 영화가, 어떤 그림이나 음악이 우리의 폐부 깊숙이 스며들 때, 생각이 꿈틀거리고 먼 세계가 어렴풋이 다가와 새로운 세계와 중첩됩니다. 연결의 고리는 각자의 매뉴얼로 만들어집니다. 화가에게는 그림으로, 음악가에게는 노래로, 시인에게는 시로. 연결은 일종의 반응이며 저항이기도 합니다. 반응은 고통이면서 쾌락이고, 저항은 서로를 밀어내기도 끌어당기기도 하지요.

오마주는 이러한 '연결고리'에 의해 기존의 작품이 새로운 작품으로 탄생되는 것을 말합니다. 한 사람이 방금 앉았다 간 자리를 다른 사람이 앉았다 가는 것처럼, 그러니까 문학과 예술에는 존경하는 작가나 작품의 표현방법을 흉내 내는 경우가 많지요. 프랑스어인 오마주(Hommage)는 어떤 작가나 작품에 대한 존경(respect)을 드러내는 예술기법입니다. 존경과 경외심을 담아 그와 비슷한 작품을 창작하거나 원작 그대로 표현하기도 합니다. 따라서 풍자가 앞서는 패러디와는 구별될 수 있지요.

조이스 캐롤 오츠는 "예술은 과거를 기념하는 수단이다. 빠르게 사라져 가는 세계의 기록이다. 최소한 일시적으로나마 향수의 파괴라는 악령을 추방하는 수단이다. 영속성을 보증하기 위해 '지나간 것, 지나가고 있는 것, 앞으로 올 것'을 가장 정확한 언어로 말하는 것"이라고 했습니다. 지나간 것이거나 지나가고 있는 것을 흉내 내는 것은 존경과 경외에 대한 하나의 표현 방법이거나 몸짓입니다. 하여 기존의 작품이나 작가에 매혹되어 오마주가 탄생되기도 합니다.

언젠가 한 번은 와 본 것 같은, 예상하지 않은 장소에 예상하지 않게 도착하게 됩니다. 운이 좋다면 반대의 모습으로 거울 속의 또 다른 나를 마주하게 됩니다. 신비로운 진화일 수도 있지요. 본 것이나 들은 것, 경험한 것으로 충분하지 않기 때문에 우리는 우리의 경험을 알고 싶어 합니다. 진화되기를 열망합니다. 특히 영화에서 오마주 작품들은 손꼽을 수 없을 만큼 많습니다. 훌륭한 작품의 장면을 흉내 내다 보면 마력적인 힘을 획득하게 되지요. 모방에서 시작된 한 장면이 다른 작품에게서 '경이로움'으로 발견되는 것은 무엇 때문일까요?

그것은 우리 이전에 존재한다

고로 우리가 복종해야 합니다. 왜냐하면 우리가 당연히 할 일을 하는 것, 즉 그것을 발견하는 일은 마치 자연법칙처럼 필연적이며 비밀스럽기 때문이라고 마르셀 프로스트는 말합니다. 이처럼 예술가들이 가장 의식하고 있는 것은 발견에 대한 복종입니다. 한용운 시인의 시처럼 '남들은 자유를 사랑한다지만, 나는 복종을 좋아해요, 자유를 모르는 것은 아니지만, 당신에게는 복종만 하고 싶다'고 하는 것은 오버일 수 있으나 오마주는 신의를 넘은 축복이고, 신념이 낳은 사랑입니다.

이중 초점에서 윌리엄 스태퍼드는 "그래서 세계는 두 번 진행된다./ 한 번은 우리가 그것을 보이는 그대로 보는 순간,/ 두 번째는 그것이 존재하는 그대로/ 전설로 새겨지는 순간"이라고 말했습니다. 대표적인 사례로 미국의 쿠엔틴 타란티노 감독은 〈저수지의 개들〉(Reservoir Dogs, 1992)에서 중국 오우삼 감독의 〈첩혈쌍웅牒血雙雄〉(1989) 등에 나오는 권총 액션 장면을 각색하여 삽입하였습니다. 그리고 크리스토퍼 놀란 감독은 스탠

리 큐브릭의 영화 〈2001: 스페이스 오디세이〉에 영향을 받아 〈인터스텔라〉를 제작하였지요. 이 영화에는 영국의 시인 딜런 토마스의 문구에서 다음과 같이 반복적으로 인용되기도 합니다.

"Do not go gentle into that good night but rage, rage against the dying of the light."

"친절하게 밤을 맞이하지 말기를 그 대신 분노하기를, 빛이 사라져감에 분노를."

〈인터스텔라〉에서 가장 먼저 〈2001: 스페이스 오디세이〉의 흔적을 느낄 수 있는 것은 바로 우주선 '인듀어런스' 호의 디자인인데, 여러 개의 모듈이 원형으로 연결되어 있는 형태지요. 인내와 감내라는 의미를 담고 있는 우주선 이름은 우주비행사들이 인내해야 할 육체적 정신적 고난을 나타냅니다. 그와 동시에 20세기 초 남극 탐험에 나섰다가 얼음에 갇혀 1년 넘는 시간을 발이 묶여 있었던 인듀어런스호 선원들의 용감한 생존 투쟁을 반영하기도 해요. 이를테면 선배 탐험가들에 대한 오마주라고도 할 수 있겠습니다.

육체를 획득하기 위한 언어의 전략

최근 열 번째 시집을 펴낸 송재학 시인의 『슬프다 풀
끗혜 이슬』(문학과 지성사, 2019)은 딱지본 『미남자의 루』
(세창서관, 1935)에 수록된 옛 소설에서 제목을 차용했습
니다. 딱지본은 표지가 딱지처럼 울긋불긋하여 유래한
이름입니다. 1910년대 초반부터 신식활판 인쇄기로 발
행한 국문 소설로, 시인은 딱지본을 모티브로 13편의
시를 시집에 실었지요.

> 청명월야 달은 발가서 두 사람은 져졀로 말갓흔 눈물을
> 흘다
> 폐병과 가난과 술과 사랑과 죽엄은 오랜 동모 모양 어깨
> 동모 길동모 하면서 본심이 청양하든 청년 시인 진명에게
> 우슴을 지얏다
> 풀 끗혜 이슬 생기듯 동모가 또 생기는가 보다
>
> - 「슬프다 풀 끗혜 이슬」 부분

이 시들은 옛 소설에 대한 오마주입니다. 사랑과 정
사와 정서를 호명하고 있는 옛말은 현대시에서 하나의

메타포로 작용합니다. 따라서 당시의 삶은 변용된 언어 아래에서 고스란히 재현되지요. "산월은 진명의 눈빛을 보고 너무 가슴이 아프고 쓰렸다." 폐병쟁이 시인과 기생의 딱지본 소설은 흙먼지 나는 오일장 바닥을 굴러 굴러 지금 내 앞으로 왔을 뿐인데, 시인은 이 이야기를 시에 소환하면서 '식민지 감정'을 다독이고자 합니다. 시가 '육체를 획득'하기 위하여 언어의 미적 전략을 앞세워 힘을 발휘합니다. 대낮에 듣는 발소리는 '생의 수군거림'(「자화상」)이라고 했던가요.

한 편의 현대시는 옛 소설의 낡은 보자기에서 친절한 문장들을 꺼내 독자에게 전달해요. 한편으론 머나먼 시간을 돌려놓기도 하지요. 따라서 오마주는 과거의 시간을 되돌려놓는 태엽과 같습니다. 기진맥진한 태엽의 역할은 진부함에 대한 변치 않는 의식, 즉 우리 삶과 언어의 가장자리에서 끊임없이 기어 나오는 의식과 모종의 관계가 있지요. 시와 소설이 긴 시간으로 연결되어 직렬의 구조를 띠기도 하지만, 하나의 소재로 병치되기도 합니다.

한편, 김승옥의 「무진기행」에서 '무진'의 안개는 한국예술에 있어서 과히 기념비적이라 할 수 있습니다.

이 소설이 가장 사랑받는 요소 중 하나는 단연 '안개'입니다. 시에서 '생의 수군거림'은 소설 속 안개를 호명합니다. 아니 '안개의 수군거림'이 생을 호명할 수도 있겠습니다. 공지영의 「도가니」에서도 무진이라는 도시에서 안개를 사용합니다. 어쩌면 안개사용설명서를 발표한 시인이 있을지도 모를 일입니다. 기형도 시인의 「안개」(1985년 동아일보 신춘문예 당선작)를 비롯하여 수많은 시인의 수많은 안개들은 수많은 문학에서 쓰이고 있는 객체의 오마주입니다.

안개는 마치 무진에 한이 있어서 매일 밤 찾아오는 여귀가 뿜어내놓은 입김과 같았다. 해가 떠오르고, 바람이 바다 쪽으로 방향을 바꾸어 불어가기 전에는 사람들의 힘으로써는 그것을 헤쳐 버릴 수가 없었다. 손으로 잡을 수 없으면서도 그것은 뚜렷이 존재 했고, 먼 곳에 있는 것으로부터 사람들을 떼어놓았다.

- 김승옥, 「무진기행」 부분

이 읍에 와 본 사람은 누구나
거대한 안개의 강을 거쳐야 한다.

앞서간 일행들이 천천히 지워질 때까지

쓸쓸한 가축들처럼 그들은

그 긴 방죽에 서 있어야 한다

문득 저 홀로 안개의 빈 구멍 속에

갇혀 있음을 느끼고 경악할 때까지

- 기형도, 「안개」 부분

안개는 불안전을 나타내는 가장 안전한 단어지요. 지나치게 감상적인 기표이고, 지나치게 내면적인 기의입니다. 내면적 갈등의 「무진기행」은 탁월한 문체와 구성으로 섬세하게 그려집니다. 출구가 막힌 듯 답답한 상황은 '안개'라는 상징을 통해 더욱 강렬하게 드러납니다. 당시는 대학을 나와도 취직자리 하나 변변찮던 암울한 시대였죠. 안개가 낀 것처럼 미래가 보이지 않던 시대, 너나없이 속물이 되어 버린, 속물이 되지 않고서는 살아남을 것 같지 않는 불투명한 시대를 오마주하고 있습니다. '안개'에 대한 단상은 시에서 말이 아닌 침묵으로 더 강렬하게 환기됩니다.

기형도 시인은 1960년 경기도 연평에서 태어났습니다. 그리고 1989년 3월 7일 새벽 3시 39분경, 종로 2가

부근의 한 극장에서 생을 마감했지요. "영혼은 검은 페이지가 대부분이다. 그러니 누가 나를 펼쳐 볼 것인가?" 이러한 겁 없는 호명은 다름 아닌 자신의 죽음에 대한 시인의 오마주입니다. 행간과 행간 사이 거대한 안개의 강이 흐를 즈음, 그는 갔습니다.

장르를 넘어서

물론 음악작품에도 오마주는 많습니다. 음악가들은 손가락 끝에서 초자연적인 현상을 경험합니다. 피아노 건반 위에서 손가락은 달립니다. 점점 빨라지는 심장박동에서 상상적 자아가 확장되고, 박자를 따라 새로운 형태의 리듬이 재생됩니다. 다른 사람의 공간을 침범하는 글쓰기처럼 음악적 비행이 시작됩니다. 스페인의 기타음악 작곡가 에도와르도 사인즈 마샤는 같은 음악가가 아닌 화가를 위한 오마주 작품을 만들었습니다. 제목도 '오마주 아 둘루즈 로트렉'입니다. 짐작컨대 그의 작품은 화가인 앙리드 둘루즈 로트렉에게 바치는 곡이라고도 합니다.

19세기 프랑스 화가 둘루즈 로트렉은 부유한 귀족 가문에서 태어났지만 몸이 불편했지요. 어린 시절 다리를 다쳐 1미터가량의 키로 평생 지팡이를 짚고 다녔습니다. 발음도 정확하지 않았던 그가 좋아했던 것은 그림과 파리 뒷골목의 사교 댄스홀인 물랭루즈뿐이었습니다. 작곡가 에드와르드 사인즈 마샤는 그런 로트렉의 예술과 글을 더없이 존경하여 오마주 작품을 바쳤죠.

존 휴스턴 감독의 〈물랭루즈〉는 아름다운 선율 LA BELLE EPOQUE와 함께 파리 몽마르뜨의 뒷골목을 쓸쓸히 걸어가는 로트렉의 모습이 그려지는 영화입니다. 최근에 만든 '물랭루즈' 보다 휴스턴 감독의 물랭루즈가 여전히 매력적인 이유는 로트렉의 색채감을 많이 살려낸 영화이기 때문일 것입니다. 이처럼 오마주 작품들은 장르를 넘나들며 이전 시대의 거작과 작가를 기립니다. 두 예술가를 혹은 예술을 동시에 누리는 두 겹의 작품이라고 할 수 있습니다.

그렇습니다. 그것은 어떤 식으로든 존재합니다. 스쳐가는 장면 하나, 단어 하나, 음악의 한 소절, 풍경이 기억해 내는 소리, 냄새, 색깔 등등의 것들에서 영감을 받습니다. 그러나 그것이 정확히 무엇인지는 모릅니다. 문득 그리고 속수무책인 채로 벅찬 감정과 에너지가 발생합니다. 따라서 작가들은 미술관이나 문학가들의 생가를 방문하고, 작품 속 장소를 되짚어 삶의 흔적을 순례합니다. 순례를 통해 그의 목소리와 향기를 더듬고, 문학적이고 서사적인, 사적이거나 공적인 예술의 경계를 넘나듭니다. 후대 작가들은 자신의 작품 속에 선대 작가의 문학적 향기를 소환합니다.

어째서, 어쩌자고, 어떤 장면은 끝내 잊히지 않을까요? 자고 나도 여전히 남아 있는 멍 자국처럼 잔상은 사라지지 않습니다. '사랑'이라는 말은 어쩌다가 탄생하였을까요? 만나고, 사랑하고, 싸우고, 헤어지고, 이뻔한 레퍼토리를 벗어나지 못함에도 불구하고 여전히 '사랑'은 먹힙니다. 영화에서 드라마에서 소설에서 영구불멸하게 등장하는 이 불변의 공식, 모든 문학은 세익스피어의 변주이자 오마주일 뿐이라는 누군가의 말은 사랑에 있어서 더 이상 다룰 주제가 없다는 의미의 다른 표현일까요? 그럼에도 여전히 사랑은 탄생하고,

움직이고, 진행됩니다. 어떤 식으로든 사랑은 불가능
에 대한 오마주입니다.

자화상

- 고독한 어느 타화상의 한때

"아주 오래전 어느 날, 나는 우연히 나폴레옹의 막내 동생인 제롬(Jerome, 1784~1860)의 사진 한 장을 보았다. 1852년에 찍은 것이었다. 그때 나는, 그 이후에도 결코 지워버릴 수 없는 놀라움과 함께, '나는 지금, 황제를 직접 보았던 두 눈을 보고 있다'고 말했다. 때때로 나는 이 놀라움에 관해 이야기했지만, 아무도 그것에 공감하거나 이해하는 것 같지 않아 보였기 때문에(삶이란 이처럼 작은 고독의 상처들로 이루어져 있다) 나 자신도 그것을 잊어 버렸다." 롤랑 바르트는 동질적인 것 속에서 비동질적인 것으로서, 자신을 '찌르는' 세부 요소인 푼크툼에 대해 말한 바 있지요. 그는 푼크툼이 없는 시에 관해, 목적의식이나 주제의식이 분명한 시일수록 동질

125

적인 시간에 머무르게 되어 오히려 실패할 가능성이 크다고 했어요. 좋은 시는 분명하게 설명하기 힘들지만, '시의 순간'에 머물게 하는 무언가가 있지요. 비록 그것이 자기 안의 상처를 건드릴지언정 어떠한 깨달음을 주니까요.

그러나 다만 '거기 있었음'의 시제 속에서만 나타난다고 해요. 갑자기 푼크툼이 내부로 찔러 들어올 때, 어떤 언어의 냄새는 유효하고 또한 그것은 시의 관점을 주관하기도 하지요.

고독의 냄새

모든 언어는 소리와 의미 사이 독특한 냄새를 가지고 있어요. 양파의 한 껍질과 다음 껍질 사이 얇은 막처럼 의미와 소리 사이 얇은 막을 형성하는 그 무언가를 생각해 봐요. 불완전한 형태거나 불가능의 형태일 수 있고, 무의미한 의미에서 파생되는 시각화된 후각, 즉 냄새의 영역은 신경학, 화학 분야뿐 아니라 심리학이나 사회학, 철학과 같은 다양한 학문의 관점으로 접근할 필요가 있을 것 같아요. 그러니까 한 언어가 고유한 냄새에 이르기까지 고독했을 시간을 생각해 보아요. "고독함 속에서 강한 자는 성장하지만 나약한 자는 시들어 버린다."는 칼릴 지브란Kahlil Gibran의 말처럼 시들지 않고 성장하는 언어의 고독. 다른 냄새와 뒤섞여도 본질을 잃지 않는, 다른 사물에게 흔들리지 않고 자신만의 방식으로 존재하는, 고독한 냄새를 주관하는 이는 누구일까요? 그건 순전히 '나'라는 생각이 들어요.

트레이시 슈발리의 소설 『진주 귀고리 소녀』의 한 대목에는 "아니오, 순무 안에는 흰색 안에 초록 빛깔이 있고, 양파는 흰색 안에 노란빛이 있습니다. 그래 이제 저 구름 속에는 무슨 색깔이 보이지? 푸른색도 약간 있고요 한동안 구름을 관찰한 후 말을 이었다. 그리고 음, 노란색도 있습니다. 그리고 약간의 초록색도 있네요." 너무 흥분해서 구름을 손가락으로 가리키며, 사는 동안 내내 구름을 보아 왔지만, 그 순간 처음으로 구름을 보는 듯한 느낌이었다고 말해요.

경탄을 자아내는 소설 속 주인공의 시선을 빌리자면, 내 안의 감각으로 힘껏 파고들 힘이나 계기로 작동되는 것이 냄새가 아닌가 싶어요.

　이쯤에서 나의 '응시'에 대한 궁금증이 생기네요. 어쩌다 거울을 보았을 때 동공 전체를 차지하는 부분은 어디인가요? 전체적인 모습, 머리, 옷, 아니면 얼굴, 저도 그렇지만 아마 대부분의 사람들은 얼굴을 전체로 보며 차츰차츰 부분으로 옮겨가는 쪽일 거예요. 사물이나 사람은 고정된 것이 아니라 움직이는 유기체이기 때문에 시선은 다만 따라갈 뿐이지요. 시선은 자기만의 방식으로 구체화된 이미지를 통해 나아가거나 되돌아오거든요. 그러니까 독특한 어떤 냄새를 실현하는데 기여한다고 할까요? 하여간 분열되고 교란되어도 결국 고유한 냄새는 이러한 촉발에서 생겨난다고 봐요.

　자화상에 대해 말하려는데 어쩌다 냄새가 끼어들었는지 모르겠어요. 개개인의 독특한 냄새와 색깔을 꼬집어 설명할 수 없듯, 자화상과 결합된 언어 냄새에서 파생되는 무언가를 생각해 보아요.

고독의 자화상

당신은 절망해 본 적 있나요? 뼛속까지 절망해 본 적 있는지, 절망의 완성을 맛본 적 있는지, 그 절망을 딛고 다른 사람 눈동자를 들여다 본 적 있는지, 거울을 보듯 자세히 들여다보아야 내면으로 들어 갈 수 있어요. 사실 삶은 우리에게 많은 상실을 선물하죠. 사랑하는 사람을 떠나보내고, 취업 혹은 진학에 실패하고, 뜻밖의 사고로 인하여 세상을 향한 시선을 잃어버리게 되기도 하죠. 그러나 가장 큰 상실은 자기 삶의 색깔 혹은 냄새를 잃어버리는 거예요. 자신의 얼굴을 잃어버리듯 문법적 질서가 사라지는 거죠. 말할 수 없는 영역 안에서 어떤 질서가 가능하겠어요. 붙잡아 두려는 순간 빠져 나가는 것들 또한 고유한 질서의 또 다른 체계일지도 모르겠지만요.

> 잡초나 늪 속에서 나쁜 꿈을 꾸는
> 어둠의 자손, 암시에 걸린 육신
> 어머니 나는 어둠이에요.
> 그 옛날 아담과 이브가

풀섶에서 일어난 어느 아침부터

긴 몸뚱어리의 슬픔이에요.

- 최승자 「자화상」 부분

　위의 시 「자화상」에서는 '자학'의 양상이 발견되지
요. 고독이 아니라면 자학이 어떻게 가능하겠어요. 자
학의 냄새, "어둠이에요." 혹은 "슬픔이에요."는 대체
로 자존감이 낮은 사람에게서 발견되는 양상(냄새)으로
자의식이 강하게 나타날 때는 반어적 현상으로도 볼
수 있어요. 타자로부터 자신을 보호하기 위해 냄새를
발사하는 곤충이 있다죠. 이러한 곤충처럼 자의식이
강한 사람일수록 자의식을 숨기기 위해 스스로를 비하
하고, 자신의 약점을 감추려고 방어기제를 사용해요.
"아무의 제자도 아니며/ 누구의 친구도 못 된다." 이렇
듯 스스로 자신의 자존감에 치명적 타격을 가하며 모
든 상황을 전복시키기도 합니다. 그동안 지켜왔던 신
념과 반대 상황으로 자신을 밀어 넣으려는 거죠. 자신
의 내부를 고발하고 되돌아보면서 '자학'의 정조를 발
사하며 '자기성찰'에 이르지요. 그럼에도 불구하고 이
시가 내포하고 있는 미학의 정점은 단순히 자학에서

멈추지 않아요. 자학하듯 말하지만 '긴 몸뚱어리의 슬픔' 이라는 긴 여운을 남기기도 하거든요. 고독한 자화상이 풍기는 슬픔의 냄새가 들리나요?

> 그리고 한 사나이가 있습니다.
> 어쩐지 그 사나이가 미워져 돌아갑니다.
> 돌아가다 생각하니
> 그 사나이가 가엾어집니다.
> 도로 가 들여다보니
> 사나이는 그대로 있습니다.
>
> 다시 그 사나이가 미워져 돌아갑니다.
> 돌아가다 생각하니 그 사나이가 그리워집니다.
>
> - 윤동주 「자화상」 부분

윤동주 역시 고독한 '자아성찰' 을 담고 있어요. 우물에 자신을 비추어 거울의 반사이미지를 사용하는데, 이것은 자아성찰이라는 행위에서 비롯돼요. 그런데 '나' 라는 주어 대신 의도적으로 '사나이' 라는 타자를 내세워요. '사나이' 를 보기 위해 '나' 가 우물을 반복해서 들여다보는 행위는 보다 적극적인 행위로 전환되지요. 또한 폐쇄성과 단절성의 상징인 우물은 외부와의 단절로 오히려 자신을 더 깊이 들여다 볼 수 있고, '산모퉁이를 돌아' 그것도 '외딴 우물'이 '홀로'라는 부사어를 통해 확장되고 있죠. 자기 탐구이면서 고독을 요청하는 식으로 자리매김해요. 깊은 우물일수록 가장 가까운 자신의 얼굴을 가장 먼 곳으로 보내지요. 여기서 화자의 얼굴은 새로운 지층을 형성하기도 해요. 자신이 '미워져' 돌아가고, '돌아가다' 보니 가여움이 생겨 다시 들여다보고, 또 미워져 돌아가고, 다시 그리워지는 내적 갈등을 보입니다. 우물에 비친 한심한 자신의 모습을 목도하고, 번민으로 일관된 내적 갈등의 심화를 보이지요. 따라서 자기혐오나 자기연민이 거듭해서 우물의 냄새를 들여다보게 하고 있어요.

침묵의 자화상

서두에서 언급한 트레이시 슈발리에의 소설 『진주 귀고리 소녀』는 램브란트와 더불어 17세기의 가장 혁

신적인 화가로 평가되는 베르메르(Johannes Jan Vermeer, 1632~1675)의 그림 〈진주 귀고리를 한 소녀〉를 모티브로 삼았어요.

또한 소설을 원작으로 한 영화도 제작되었어요. 다소 통속적인 멜로드라마로 각색되었지만, 영화에서 그림을 제대로 표현하는 것은 쉽지 않은데 비해 이 영화는 그림의 분위기를 완벽하게 담아내고 있지요. 또한 베르메르의 그림은 매우 정적이고 모델은 항상 혼자이며, 두세 사람이 등장하는 그림에서도 어쩐지 그들의 대화는 소리가 없을 것만 같이 느껴져요. 그런 그는 다른 화가와 달리 자화상 하나 그리지 않은 특이한 인물이에요.

일반적으로 자화상을 많이 그린 화가들은 자기응시 즉, 자신의 내면을 깊숙하게 파헤치는 내향적인 성향을 가지고 있어요. 더불어 남다른 갈등을 드러내고 있죠. 이들의 자화상을 통해 삶과 배경 그리고 자신을 둘러싼 환경에 대한 불화의 심리상태를 짐작할 수 있어요. 반면 가장 진지한 화가들의 모습이라고도 할 수 있죠.

대표적인 화가로 렘브란트가 있는데, 22세의 렘브란트 자화상을 본 괴테는 자신의 젊은 시절 방황을 상기하며 "꿈을 포기하는 젊은이는 생명이 없는 시신과 같으니 살아가지 않느니만 못하다."라는 말을 남겼지요.

렘브란트 다음으로 자화상을 많이 그린 화가로는 빈센트 반 고흐Vincent van Gogh가 있어요. 분장, 복장, 표정, 포즈 등 뛰어난 통찰력과 서정의 연민으로 100여 점의 작품을 남겼지요. 고흐 또한 네덜란드 화가로 짧고 비극적인 삶을 살았으며, 불안정하고 격렬한 자신의 감정을 강렬한 색감과 질감을 통해 표현한 화가라고 할 수 있어요. 평생 단 한 점의 그림밖에 팔지 못해 동생에게 얹혀사는 처지였으므로 경제적인 스트레스와 자괴감을 추측해 볼 수 있지요. 고흐는 가난한 사람들과 달리 자신의 어린 시절이 넉넉했다는 사실만으로도 괴로워했으며, 그들을 위해 성직자의 길을 택했으나 그마저도 뜻대로 되지 않았죠. 또 몇 명의 여자를 사랑했지만 모두 비극으로 끝나고 외로움에 젖어 살았어요. 동료 화가들과의 관계도 좋지 못했고, 한때 좋아했던 고갱과 싸움 끝에 자신의 귀를 자른 뒤에는 정신

병원을 들락거렸으며, 결국은 권총 자살로 고통스러운 생을 마감해야 했어요.

질병과 창조의 자화상

넘어지면 넘어진 바닥을 짚고 일어난다고 하지요. 질병을 딛고 창조에 이른 작가들은 너무나 많아요. 질병과 창조의 연관성은 음악, 미술, 문학 등 예술의 여러 분야에서 찾아 볼 수 있지요. 가령, 멕시코 여성화가 프리다 칼로(Frida Kahlo, 1907~1954)는 서른두 번이나 수술을 받고 다리 하나를 잘라 내면서 자화상 〈부러진 척추〉를 낳았어요. 어린 시절 소아마비를 앓아 일곱 살 때부터 한쪽 다리를 절었죠. 열여덟 살 땐 교통사고로 인해 쇠파이프가 척추와 자궁을 관통하고 오른발이 짓이겨지는 고통을 겪었어요. 불행은 그를 화가의 길로 들어서게 했지요. 또한 이탈리아 작곡가 안토니오 비발디(Antonio Vivaldi, 1678~1741)는 원래 신부였으나 천식 때문에 미사를 집전할 수 없어 성가대를 지휘하다가 교회음악을 작곡하기 시작하여 〈사계〉를 남겼지요. 로

베르트 슈만(Robert Alexander Schumann, 1810~1856)도 원래 피아노 연주자로 대성하기를 바랐으나 손가락 마비를 앓게 되면서 절망과 고통 속에서 작곡을 시작하였다고 해요.

문학에도 비슷한 예가 많지요. 20세기 프랑스 역사상 가장 훌륭한 소설가 마르셀 프루스트(Marcel Proust, 1871~1922)는 꽃가루나 먼지가 들어오지 못하게 자신의 침실을 코르크로 꼭꼭 밀봉할 정도로 극단적인 알레르기 공포증이 있었으며, 심장판막증과 그에 따른 신경쇠약으로 고통 받으면서 유명한 자전적 소설 『잃어버린 시간을 찾아서』를 남겼어요. 수많은 질병과 창조의 연관성은 '자기애'에 있다고 생각돼요. 자기연민에서 비롯된 자학이나 가학의 칼끝이 자신을 향해 있으므로 명작이 탄생할 수 있었던 거죠. 이를테면 불후의 명작들은 위대한 작가들의 자화상이라 할 수 있죠.

우리는 살아가면서 많은 변화와 상대적 관계 속에서 부적응과 불안을 경험하게 되지요. 공허함과 불안함은 자신을 타인과 분리하여 '고독한 존재'로 만들어 버리기도 하지만, 의도적으로 자신을 무리에서 소외시키기도 하지요. 이러한 상태의 고독은 상실되거나 혹은 상실되어진 자신의 내면에 대해 고뇌하고, 자아 상실에 대한 문제를 해결하기 위해 회복의 시간을 갖게 되지요. 하여 자화상은 타자의 의식과 구별된 회복의 과정으로 의식적이거나 무의식적인 단계를 경험할 수 있어요. 어떤 변화와 상실감을 경험하고 다시 인지하려는 단순히 의식적인 단계, 또한 거울이라는 도구를 사용하여 자신의 현재 상태를 그대로 받아들이기도 하죠. 그리고 자신의 모습을 보는 단계에서 나아가 표출해 내는 단계로 불안함과 공허한 자신의 내면 상태를 분리하여 형상화하는 것은 자신의 진정한 모습에 대한 무의식적 단계이며 또 다른 자의식의 변화를 형상화하기도 하지요.

언어의 냄새에는 시간의 흐름, 환경과 흔적, 생각과 느낌, 감정 등 모든 것이 담겨져 있어요. 자화상을 감상할 때 눈을 보는 것처럼 언어가 언어의 세계에 접촉하거나 접속하는 상태를 제시하기도 하지요. 어쩌면 언어의 냄새는 침묵의 기호일지도 모르죠. 생존을 위한 전략적 소리를 수행하고, 주관적인 냄새의 성격으

로 의미를 완성하기도 하는, 그럴듯한 언어의 변론이
라고나 할까요?

클리셰

- 하지만, 하지만 우리의 아버지

'그것'에 대한 단상

착착착착, 무논에 모를 꽂는 소리예요. 아니 척척척 척, 이었던가요? 감은 눈으로 어린 모에게 입 벌리는 논에서 가르마의 역사는 진행되지요. 모내기하는 날이면 막걸리 심부름은 내 담당이었죠. 가르마 같은 논두렁에서 찌그러진 주전자 주둥이로 슬쩍슬쩍 '몰래' 먹는 막걸리는 그야말로 신세계였어요. 막걸리의 신세계는 최선을 다해 아버지와 연대하죠. 들일 마친 아버지가 낮술에 취해 비틀비틀 걸어올 때면 '몰래' 나무 뒤에 숨어 아버지가 지나가기만을 기다렸어요. 대체로 그랬어요, 아버지 모르게 했던 내 행동과 말은 아버지가 다 아는 것이었고, 내가 아는 아버지의 행동과 말은 내가 다 모르는 것이었어요. 귀스타브 플로베르Gustave Flanbert는 『보바리 부인』에서 "인간의 말이란 금 간 냄비와 같아, 마음 같아서는 그걸 두드려 별을 감동시키는 음악을 만들고 싶지만 실제로는 겨우 곰이나 춤추게 만들 그런 어설픈 리듬밖에 만들어내지 못한다."고 했죠.

나름대로 엄격하고, 나름대로 능력 있고, 나름대로 무능한 아버지들, 부모와 자식의 기능은 언제나 양방의 사랑 안에서 작동되지는 않아요. 알다시피 종족보존에 대한 깊이 있는 '인식'을 전달하는 것이 부정의 기능이며, 훈육이니 위로니 하는 감정 작용은 때때로 부수적이거나 보조적인 역할에 가담할 뿐이지요. 지난해 '등촌동 여성 살인사건'의 딸이 아버지를 사형시켜달라는 청원한 것을 보면 아버지의 법은 훈육이나 위로가 아니라 고문일 때도 있지만 말이에요. 하지만, 우리의 아버지가 위로가 될 수 있는 이유는 고통이라는 비현실적인 현실을 어림잡아 짐작하기 때문이에요. 위로는 단지 끈끈한 부정과 그럴듯한 제스처로만 가능한 것이 아니니까요.

'아버지'라는 이름의 장르

오랜 시간 의미 있게 축적되어 '규칙'으로 '굳어진' 아버지의 규범들이 있어요. 규범에 비해 아버지는 장르의 요구나 비판 없이, 무의식적 반복으로 규정되어지기도 해요. 가정에서, 드라마에서, 영화에서, 시대에 따라 다른 경향을 보이기도 하지만 결말은 비슷하지요. 가령 영화에서 자기 반영적 단계에 이르렀을 때 아버지라는 클리셰는 비판적 기능을 담당하기도 합니다. 아버지의 진부한 표현 혹은 표정을 이용해 '아버지라는 장르' 자체를 풍자하거나 희화적인 모방 혹은 패러디parody를 논평하는 기능으로도 쓰이지요. 아버지의 법질서에 대한 넌센스의 예증과 함께,

오귀스트 윌슨의 희곡을 영화로 옮긴 〈펜스Fences, 2016〉는 흑인이라는 인종과 성별의 문제로 결부되어 있어요. 주인공 트로이는 늘 술을 마시며 백인에 대한

증오와 부조리와 죽음과의 싸움을 결탁하며 시간을 소모해요. 그러나 유일하게 생산적인 일을 하는 시간은 펜스를 세우는 일이지요. 세상 모든 아버지의 아버지에 대한 가부장적 정체성은 비단 사회와 내면의 문제로 부각되지는 않아요. 영화 제목이기도 한 울타리 〈펜스〉라는 클리셰는 가족을 지키기 위한 투쟁이고, 취사선택 앞에서도 나름의 신념을 붙들어야하는 외로움이에요. 투쟁으로 만들어진 자신의 울타리와는 다르게 음악과 운동에 빠진 아들과는 거리를 좁히지 못해 '꼰대' 여야만 했어요. 그러니까 울타리는 사람을 못 들어오게 치기도 하지만 못 나가게 치기도 하는 것,

"가족을 돌보는 데 집착하다가 나 자신을 잊어버렸어. 난 세상에 날 때부터 투 스트라이크 상태였어. 홈을 지키려면 안쪽에서 들어오는 커브볼을 잘 지켜야지. 볼을 놓쳐선 안 돼, 무엇 하나 놓쳐선 안 되는 거야! 헛스윙 한 방이면 모든 게 끝난다고!"

"그럼 어떡하겠어? 난 번트를 택했어. 가족과 직장이 있으니 세이브였지. 날 태그할 건 아무도 없었어! 더는 아웃

당하지 않을 거고 교도소에 돌아가지도 않고 술에 절어 살
지도 않았지. 가족과 직장이 있으니 안전했어. 마지막 스
트라이크를 허용하지 않았어."

아버지의 공동체는 매번 자식에게 천국을 선사하진
않아요. 현실에선 오히려 고통과 상처를 선사하는 경
우가 많죠. 아들인 토리처럼 우리는 자주 독립(자유)을
선택하지만 절반은 아버지의 훈육 아래에서 자신도 모
르게 아버지를 닮아가기도 해요. 그 아버지에 그 자식
이니까, 사실 아버지는 극복의 대상이면서 모든 것을
물려주는 대상이잖아요.

아버지에 대한 이미지는 그간 영화 속에서 조금씩 변
주되며 반복되어 왔어요. 〈아모레스 페로스〉에서는 과
거 가족을 버린 뒤 혁명에 투신했다가 쓸쓸히 늙어가
고 있는 남자가 등장해요. 모든 이야기가 '개'에 얽혀
있지만 그것은 하나의 장치일 뿐, 인간의 삶이 얼마나
비정하고 비열한지, 혹은 사랑이 그 이름으로 부여받
는 정당성은 어디까지인지, 총체적으로 생각하게 하면
서 딸을 마주하고 싶은 마음에도 불구하고 자신의 선

택으로 뒷모습을 보이며 떠나죠. 〈21그램〉에서는 폭력적인 가부장으로서의 행동과 더 나은 아버지가 되고 싶은 열망이 혼재된 베네치오 델 토로가 구원을 찾아 떠났다가 가족 곁으로 되돌아오고요. 〈비우티풀〉은 이러한 소재를 전면에 내세우고 쉽게 단정 짓기 어려운 아버지의 클리셰를 보여주지요. "이 영화를 늙은 떡갈나무, 나의 아버지에게 바친다. 그분은 그 이유를 잘 알고 계신다." 이냐리투 감독 스스로 아버지에게 바친다고 설명한 작품이기도 해요. "그럼에도 불구하고 당신을 이해하고 있다."는 사적 고백을 하며, 시종일관 거울에 비친 사물과 실체가 어긋나 흘러가는 것처럼 현실과 현실 사이 명백한 모순과 균열이 드러나고 있어요. 그 틈새에서 '그럼에도 불구하고' 이해받을 수 있는 아버지가 되기란 얼마나 고단한 일인가요.

'그것'의 청사진

환상에서 가장 중요한 요소는 주체의 욕망이에요. 욕망은 환상을 통해 발현되고 환상은 욕망으로 작동되지요. 모든 환상은 욕망과 현실의 차이를 메우려는 주체의 활동이며, 세계를 일관되고 의미 있는 것으로 경험하게 하는 틀로서 기능해요. 아버지라는 이름의 환상으로,

> 저 화상
>
> 배를 가르고 나온 애비는 흰 종이였다
>
> 수술이 끝나도 깨어날 줄을 몰랐다
>
> 아버지가 누운 침대가 자라고 있다 적출된 간의 이야기를 듣고 나의 나머지가 이제야 태어난 것을 알았다 모든 일에 프로가 되라고 하셨지요 나의 장래 희망은 프로크루스테스입니다 남은 평생 라면을 먹여 주고 싶은 사람이 있습니다
>
> - 김건영, 「일요일 - 사전(蛇傳) 7」 부분

서정주의 「자화상」에 신종필터를 교체하면 '저 화상'이 되지요. 더불어 '종이었다'는 '종이였다'가 되고요. 어느 평론가의 말처럼 주로 무능력하거나 부도덕하거나 혹은 두 경우 모두이거나 하는 아버지들에게 해당한다고 할까요. 미움과 사랑의 공존을 넘어 원망

이나 분노의 전력을 오랜 세월 겪다가 해탈해 버린 어머니의 입에서 주로 들을 수 있는 '저 화상'. 이 말에는 분노를 넘어선 자포자기와 한의 정서가 결합되어 있어요. '배를 가르고 나온 애비' 역시, 자신 어머니의 배를 가르고 나왔잖아요. 또한 아버지가 수술실에서 개복 수술을 받고 나왔다는 뜻과 함께 두 가지의 의미로 중첩되고 있어요. 화자의 어조에는 숨기고 싶은 아버지 신분을 발설하고야 마는 자기모멸과 비애가 포함되어 있죠.

그해 가을 나는 어떤 가을도 그해의 것이 아님을 알았으며 아무것도 미화시키지 않기 위해서는
비하시키지도 않는 법을 배워야 했다
아버지, 아버지! 내가 네 아버지냐
그해 가을 나는 살아온 날들과 살아갈 날들을 다 살아버렸지만 벽에 맺힌 물방울 같은 또 한 여자를 만났다
그 여자가 흩어지기 전까지 세상 모든 눈들이 감기지 않을 것을 나는 알았고 그래서 그레고르 잠자의 가족들이
매장을 끝내고 소풍 갈 준비를 하는 것을 이해했다

아버지, 아버지… 씹새끼, 너는 입이 열이라도 말 못 해

그해 가을, 가면 뒤의 얼굴은 가면이었다

- 이성복, 「그해 가을」 부분

살아온 날들과 살아갈 날들을 다 살아 버리게 한 〈그해 가을〉의 아버지는 한 여자에게서 자신의 욕망을 발견하기 때문에 아이를 욕망의 대상으로 삼지는 않아요. '가면 뒤의 얼굴은 가면'인 아버지를 통해 '아무것도 미화시키지 않기 위해서는 비하시키지도 않는 법'을 배우게 돼요. 생물학적, 육체의 아버지를 인정하는 것은 주체로서의 탄생을 의미하기도 하지요. 아버지의 여자인 어머니로부터 분리되어 '한 여자'를 만나게 되는 것이에요. '매장을 끝내고 소풍 갈 채비를 하는 것을 이해'한 화자는 오이디푸스 단계를 통과하고 있는 중이죠. 몸소 실행할 수 없는 '가면'을 쓰고,

어디 보자, 꽃핀 딸아

콧구멍 귓구멍 숨구멍에도 꽃을

꽂아주마 아기작 아기작 걸어다니는

살아 있는 꽃다발

사랑스럽구나

이리 온, 내 딸아
아버지의 바다로 가자
일렁거리는 저 거대한 물침대에
너를 눕혀주마
아버지의 바다에, 널
잠재워주마

- 김언희, 「아버지의 자장가」 부분

눈이 안 보여 신문을 볼 땐 안경을 쓰는
늙은 아버지가 이렇게 귀여울 수가

아장아장 춤을 추는,
귀여운 아버지

- 최승자, 「귀여운 아버지」 부분

　시의 화자는 아버지로부터 자신의 존재(감)를 부여받
는 수동적인 자리에 놓여 있죠. 양면적인 속성을 지닌
아버지의 공동체를 통해서, 세계의 이중적인 면모를

파악할 수 있고, 그 가운데에서 어느 쪽으로도 수렴되지 않는 아버지의 자리를 발견하게 돼요. 그런 아버지는 대대손손 가난하고 병들었지만 아프다고 말할 수 없는 자들이거나, 단순히 세상 만물의 논리를 가리키는 추상적 표현이 아니라 가족이라는 표상을 꿰뚫는 시인의 '적나라한' 관점으로도 볼 수 있어요. 만약 "시가 초월이라고 말한다면 그 말에는 시가 곧 자기 번역이라는 뜻도 포함된다."는 황현산의 말처럼 아버지가 초월이라고 말한다면 그 말에는 아버지가 곧 자기 번역이라는 뜻도 포함된다고 일괄하고 있어요.

라캉식으로 아버지는 현실적 차원의 '실재 아버지'와 더불어 고도의 상징 차원을 내포하는 매우 복합적인 존재지요. 상징계에서 아버지는 위의 시와 같이 증식하는 기표고요. 그러나 종교, 학문, 예술을 통틀어, 이상으로서의 아버지는 절대자이면서 적대자입니다. 그러니까 화자는 '내 장단에 맞춰 아장아장 춤을 추는, 귀여운 아버지'를 위해 언어라는 시적 통로를 지나고 있는 것이라고 할까요.

장석주가 말한 것처럼 최승자의 '아버지'는 사실

'칠십 년 대는 공포였고, 팔십 년 대는 치욕'이라고 할
때, 그 공포와 치욕의 삶을 지키는 장본인이며, 해서
최승자의 시는 그 공포와 치욕과의 싸움이고, 이런 것
을 가져온 '아버지'와의 싸움이지요. 이른바 퇴폐주의
또는 악마주의는 그 공포와 치욕에 대한 방법적 부정
이라고도 했어요.

'그것' 자체

감정의 가독성을 위협하는, 아버지에 대한 감상성은
복잡한 삶의 수레바퀴 속의 감정을 제공하기도 해요.
바라건대, 우리가 취약하게 여겼던 아버지의 측면들을
되짚어보고 자기의 서사를 견고하게 재구성할 수 있게
되는 것이 아버지라는 클리셰에 대항하는 법이에요.
이 대항 너머 우리가 살고 있는 현실과 생활이 각자의
의지와는 무관하게 '어떻게' 고통과 상처를 할당받고
있는가에 대한 고민을 확장해보는 의미에서 레슬리 제
이미션의 「공감연습」의 한 대목을 인용해 보아요.

"서로 다른 부류의 고통은 서로 다른 전문용어를 불러온다. 아픔, 고난, 통증, 트라우마, 고뇌, 상처, 훼손 등등, 고통pain은 일반적인 용어로 그 아래 나머지 것들을 아우른다. 아픔hurt은 가벼운 어떤 것, 종종 감정적인 것을 암시한다. 고뇌angst는 가장 분산적이며 모호한 어떤 것, 근거 없고, 제멋대로인 데다 영향을 잘 받는 어떤 것으로 치부되기 쉽다. 고난suffering은 서사적이고 진지하다. 트라우마trauma는 치명적인 특정 사전을 암시하며 종종 훼손이라는 그 잔여물과 연결된다. 상처가 표면에 드러난 것인데 반해 훼손은 하부구조에 일어난 것(대체로 보이지 않으며 종종 돌이킬 수 없는)이며 아울러 가치 하락을 암시한다. 상처wound는 진행 중인 것, 부상의 원인은 과거의 일이지만 아직 치유가 끝나지 않은 것을 의미한다. 우리는 상처 직후의 현재시제로 이 상황을 보고 있다."

복합적인 고통의 현재시제는 자신의 기원과 아버지에 대한 핍진한 기억으로부터 발생하지요. 나의 기원이 되는 아버지의 부권은 태생적이고 운명적이며 지배질서로서 법 그 자체예요. 신화 속 프로크루스테스가 자기 침대 사이즈에 꼭 맞지 않는 인간들의 머리와 다리를 잘라버리거나 늘여서 죽였듯, 세상의 모든 아들은 아버지의 침대에 맞춤형 인간이 되어 죽임당하지 않기 위해 신체 일부를 잘라버리거나 모자란 신체 일부를 늘여 놓아야 해요. 그런 다음 자신 역시 프로크루스테스가 되어 아버지의 계보를 이어가는 것이라고 했어요.

그래요. 가계家系의 존속을 강조하는 우리의 가족제도에서 아버지는 대대로 이어져 온 가계를 물려받은 사람이고, 또한 이 가계를 단절 없이 다음 세대에게 이어주어야 할 의무가 있는 사람이기도 해요. 이렇게 본다면 아버지는 먼 과거에서 시작되어 미래로 연결되는 가계의 연결고리예요. 한때 '무서운 아버지' 나 '엄격한 아버지' 는 가족 구성원들을 통솔하고, 가족을 하나의 사회집단으로 운영하며 존속시키기도 하였지요.

하여 보편적으로 아버지라는 클리셰는 캐릭터나 스타일 등을 포괄하여 '아버지의 이름으로' 라는 상투성에서 벗어나지 못해요. 참고, 인내하고, 헌신하는 클리셰는 이제 먼 나라 이야기죠. 양식과 형태를 패러디하고 재구성하면서 아버지의 규범(norm)을 전복시킬만한 창조적인 아버지의 클리셰가 어디엔가 존재하지 않을까요? 존재할 지도 모른다는 것은 아마 그것 자체로 또 하나의 존재가 아닐까요?

백일몽

- 먼 시간을 돌아 온 베누스 푸티카

파도는 파도의 삶을 살면서 동시에 바다의 삶을 살 수 있다

그것이 우리가 해야 할 일이다

- 틱낫한

"그림은 말 없는 시, 시는 말하는 그림이다." 그리스 서정시인 시모니데스의 이 문장은 두 예술의 유사성을 함축하고 나아가 친밀성을 대변합니다. 이렇듯 시와 그림은 방식만 다를 뿐 결국 작가의 마음을 표현하는 예술이지요. 위대한 작품은 예술을 넘어 삶에 대한 근원적 질문과 성찰에 이르고, 위대한 예술은 삶의 세부 속을 도는 핏줄과 연결됩니다.

자신에게 충족되지 못한 욕망이 직·간접적으로 충

족되는 비현실적인 세계를 생각하거나 상상하는, 또는 마치 백일몽과 같은,

문학이나 예술 속 인물은 인간과 마찬가지로 '탄생'의 과정을 거치지만, 출산 과정과는 다르게 상징적 알레고리에서 신화적으로 탄생합니다. 가령, 그림 속 비너스는 바다 거품에서 갑자기 탄생하고, 소설의 주인공은 "부모에게서 물려받은 앞뒤 가리지 않는 성격 때문에 어렸을 때부터 손해만 봐 왔다."(나쓰메 소세키의 「도련님」 일부 - 본문에서 네 번이나 반복됨)처럼 한 문장에서 탄생하고. 또한 시의 화자는 얼굴을 감싼 채 사랑 안에서 탄생하지요.

이러한 견해는 르네상스 이후 "시는 서술하는 회화이며, 그림은 해석을 요하는 알레고리다."라는 양자의 동일성에 이르게 됩니다.

이 같은 주장을 뒷받침하는 양자 예술은 충만한 감각의 에로틱한 기쁨(시의 비너스)과 이상 세계의 초월적 감동(회화의 비너스)을 선사해요. 사실 구조화된 자세가 중요한 것이 아니라 구체화된 자체를 보는 것, 이것을 통해 다른 세계로 전환되는 것이 중요합니다.

여기, 말 없는 '시' 보티첼리의 〈비너스의 탄생〉에게 노골적으로 말을 거는 '그림' 박연준의 「베누스 푸티카」가 있습니다. 두 예술의 유사성과 친밀성에게 한 쪽 귀를 내어 주고, 르네상스식으로 '옛날, 옛날, 옛날' 부르니까 오래된 자세가 눈앞으로 왔어요. 먼 시간을 돌아 온 '슬픔의 자세', 이렇게 불러 놓고 시작해야 할 것 같아요.

먼 시간이란 얼마나 쓰디쓰고 감미로운 슬픔인가요? '盆'이라는 통로를 통해 그녀(그)의 깊은 자각 속에서 어떤 것을 만날 때 우리는 곧 모든 것과 만나 교감하게 되지요. 이것을 그냥 백일몽이라고 칩시다. 반달이 양쪽에 기대어 있는 음부 속, 교감의 시간에 머물 때, 우리가 껴입은 겉치레들을 홀연히 벗고 비로소 온전한 하나의 정신(시), 하나의 육체(그림), 하나의 생애(삶)가 되어요. 오랜 시간을 거슬러 온 추상적 그림에 대해 보다 선명한 이미지로 구체화하면서 시의 진술은 진지한 슬픔에 이릅니다.

사실 우리는 존재론적으로 자기 자신에게 깊이 연루되어 있어요. 단순한 연루를 넘어 구체적인 통증을 가

지며 확실한 육체성을 지닙니다. 이렇게 예술은 아무
도 모르게 삶을 살아내는 하나의 증상과 내통하기에
이르지요.

　알려진 바와 같이 비너스(아프로디테)는 사랑의 여신입
니다. 보티첼리(=작은 술통)의 〈비너스의 탄생〉은 중세
이후 최초로 등장한 실물 크기의 여성 누드라는 점에
서 유명합니다.

　그리스 신화에서, 대지의 여신 가이아는 우라노스의
생식력으로 인해 항상 배가 불러있었습니다. 이에 그
녀는 아들인 크로노스(사투르누스)를 시켜 아비의 생식
기를 자르게 하였고, 우라노스 생식기 주변의 거품 속
에서 태어난 아프로디테는 키프로스 섬에 이르게 되지
요.

　고대 그리스의 여성 누드 조각상에서 자주 볼 수 있
는 '베누스 푸디카Venus Pudica' 자세를 취하고 있는 그
림을 본 적 있지요? 라틴어인 베누스 푸디카(정숙한 비너
스)는 여성이 자신의 부끄럽고 은밀한 부분을 양손으로
가리는 자세를 의미합니다. 머리칼을 잡은 채 자신의
음부를 가린 비너스의 왼쪽 팔이 부자연스럽게 늘어나

있죠. 한쪽 다리에 체중을 싣고 다른 한쪽은 살짝 구부린 자세를 취하고 있는데, 이 역시 고대 그리스 조각상에서 자주 발견되는 콘트라포스토Contrapposto 자세입니다.

한쪽 엉덩이를 살짝 들어 올린 자세는 일차적으로 부끄러움의 자세로 구별되지요. 수동적이지만 육감적인 몸매를 드러내며 서풍의 신 제피로스와 미풍의 신 아우라의 바람에 의해 키프로스 섬까지 밀려가면서 이차적으로 슬픔의 자세가 형성됩니다.

작가 보티첼리를 잠깐 소개하자면, 그는 르네상스의 발원지 피렌체에서 태어나 필리포 리피라는 훌륭한 스승을 만났으며, 다빈치, 미켈란젤로, 라파엘로 등 거장들과 동시대를 살았지요. 또한, 당대 최고의 '메디치' 가문의 후원을 받기도 하였습니다.

바슐라르에 의하면 자연의 일부였던 인간이 스스로를 자연과 구별 지으면서 타자화되었다고 합니다. 근대 이성 철학에서 관념이 우선시되고 몸을 뒤처지게 하는 것은 몸이 무조건 의식이나 의지를 따라야 하기 때문이라고 피력하지요. 그런데 역설적인 것은 의식에게 몸이 따라가지 못하면 몸에게 책임을 떠넘겨 버립니다. 생각이 굳은 사람은 아무리 고문해도 생각이 바뀌지 않고 몸만 고생하는데도 말입니다.

아무도 들어오지 못하는 몸의 아름다운 '틈', 직설적이면서 도발적인 행간의 틈 곳곳에서 부끄러움의 감성이 빛을 발합니다. 감성이라는 것만으로도 감각적인데 무시무시한 틈의 무한성을 더욱 중요하게 부각시킵니다. 여기서 틈은 몸을 통하여 '본다'는 본래적 의미이며 '무한'하다는 것을 강조하지요. 본다는 것은 보는 대상을 향한 능동성을 필요로 하는 행위인 반면 무한하다는 것은 무한하게 노출된 가운데 수동성에 내 몸을 맡기는 일입니다.

물론 시가 목소리(듣다)를 담보한다면 그림은 시선(보다)을 담보하겠지요. 하지만 틈 너머의 자연으로 근접하게 접근하려면 자연 안에 있는 느낌과 감각을 동원하여야 가능합니다. 즉 시와 회화의 발원지는 자연(틈)이라는 사실에 대한 근거를 가능하게 하고 있습니다.

옛날, 옛날, 옛날
(뭐든지 세 번을 부르면, 내 앞에 와 있는 느낌)

어둠을 반으로 가르면

그게 내 일곱 살 때 음부 모양

정확하고 아름다운 반달이 양쪽에 기대어 있고

아무도 들어오려 하지 않았지

아름다운 틈이었으니까

〈중략〉

꿈, 사랑, 희망은 내가 외운 표음문자

- 박연준, 「베누스 푸티카」 부분

  시인은 연필 끝에서 튀어나온 죽은 지렁이들에게 배
운 글자 '꿈, 사랑, 희망'이 표음문자에 불과하다고 해
요. 이 고백에 한없는 부끄러움이 느껴지는 건 왜일까
요? 일차원의 수줍음이 아니라 아름다움을 내포하는
차원을 넘은 부끄러움, 그러니까 사회적인 편견, 억압,
욕망과 당당하게 마주하는 목소리입니다. 종종 큰 보
자기에 싸여 버려져도 맹랑한 아름다움, 이처럼 아름
다움으로 분류되는 목록은 우리의 관심, 욕망, 증오를

자극하지 않고 무관심으로 만족하게 합니다.

예컨대 시와 그림은 무관심한 만족을 불러일으키면서 수용자의 미적 관심 외에는 아무것도 호소하지 않습니다. 칸트의 '무관심한 만족'에 대해 독일의 사상가 요한 고트프리트 헤르더(1744년~1803년)가 관심 없이 마음에 들 수 있는 것은 어떤 것도 없다고 거세게 반박했음에도 불구하고, 시인은 "비극의 원형을 들여다보고, 상실의 순간을 맞이하고, 결여의 장소를 불러내어"(조재룡의 해설) 무관심하게 만족합니다. 무엇이 마음에 들고 무엇이 마음에 들지 않는 것은 문제가 되지 않습니다. 얼굴을 감싼 채 '사랑' 안에서 연결되어 있음으로,

시와 그림은 어떻게 연결되어 있는가요? 또 소설과 그림은 어떻게 연결되어 있는가요? 한 편의 시가 한 생을 얻고자 언어를 만나고 그것을 조합하여 행과 연을 만드는 일에 몰두하지만, 서로 다른 언어가 만나 어떤 이미지에 안착할 때 또 다른 언어는 미지의 세계(소설의 행간)를 떠돌기도 합니다. 은희경의 소설 『아름다움이 나를 멸시한다』의 표제작에서는 서른다섯 번째 생일

날, 가족을 버린 아버지가 위독하다는 전화를 받고 다이어트를 결심하는 남자가 나오지요. 이 작품에서 '아버지'는 은희경의 전작들에서 바라보던 모습과는 사뭇 다릅니다. 어릴 적 아버지와 함께 식당에서 본 보티첼리의 「비너스의 탄생」을 잊을 수가 없죠. 아들은 아버지에게 늘 뚱뚱한 모습만 보여줬기 때문에 돌아가시기 전 달라진 모습을 보여주고 싶었어요. 매일 먹는 밥을 거부하며 다이어트란 인간의 문명화가 만든 '잔재'라고 생각합니다. 남자는 아버지가 돌아가신 후에야 달라진 모습으로 빈소를 찾고, 아버지는 「비너스의 탄생」을 유품으로 남깁니다. 왜일까요? 모든 아름다운 것들이 자신을 거부하므로 아버지에 대한 부정이 음식에 대한 거부로 연결됩니다.

서사에 집중하면서 소설을 읽다보면 어디까지가 허구이고, 어디까지가 소설적 현실인지 쉽게 구별되지 않아요. 백일몽에 이르게 되는, 이렇듯 문학과 예술은 일정한 사고의 패턴을 배반함으로써 긴장을 만들거나 허구 안에 미지의 세계를 겹겹이 펼쳐놓습니다.

그 미지의 세계가 다시 그림의 자장 안에서 생명을

얻고 또 다른 생을 얻게 된다면, 기어이 백일몽과 마주
하고서야, 그림은 말 없는 목소리로 시를 불러내고 시
는 말하는 붓끝으로 그림을 고안해 낼 것입니다. 이 동
일한 기법은 두 예술의 유사성과 친밀성에서 직조된
산물이며, 나아가 이상 세계를 조직해 내기에 이르지
요. 따라서 더 이상의 의미를 이끌어내려 한다면 오히
려 작위로 빠질지도 몰라요. 이와 같은 세계에 대한 우
리의 '무관심한 만족'에게 진심 어린 감사와 감시를
표하기만 할게요.

토르소

- 불완전이라는 생각의 완전

───

손가락은 외로움을 위해 팔고
귀는 죄책감을 위해 팔았다.
코는 실망하지 않기 위해 팔았으며
흰 치아는 한 번에 한 개씩
오해를 위해 팔았다

- 이장욱 「토르소」 부분

외로움과 죄책감과 실망과 오해를 위해 판 것들은 손
가락과 귀와 코와 치아가 아니라, 삶을 가로지르는 미
세한 파열과 단절이라는 생각을 해 봅니다. 몸 바깥을
향해 도주하는 몸, 인간이 되었으나 인간으로서만 살
아갈 수 없는 토르소torso는 원래 이탈리아어에서 잔가지를 쳐낸 통나무, 과일의 씨앗 같은 것을 가리키던 말입니다. 이후 르네상스 시대부터는 전신상에서 몸의 일부분이 파손되어 남은 불완전한 작품 또는 미완성작품을 의미했으나, 인체의 양감量感, 입체적 감각과 살(근육)이 붙은 모양을 집중적으로 표현하는 제재題材가 되어 독립적인 의미를 갖게 되었다고 합니다.

　신체 일부만으로도 전체의 아름다움을 보여주는 것처럼 몇 가지 질문에서 얻은 대답만으로도 그 작가의 문학적 일생을 짐작할 수 있습니다.(졸고의 다수는 위대한 작가들의 인터뷰를 재인용 편집하여 구성하였습니다.) 시공간이 뒤엉켜 탄생한 가공의 인터뷰는 결핍에 불과한 고독, 허두도 잔꾀도 없는 대화의 절핍에 불과한 고독, 수많은 독자에게 비싸게 먹혔던 고독의 형상들입니다. 배어들고, 스며들고, 끝없이 통찰하여 육화된 대답들, 그들의 자백보다 그들의 과묵 때문에 이해하겠다는 극단을 지향하기로 합니다. 하여 작가들의 생각들은 오랜 시간을 에둘러 더욱 빛을 발합니다. 완전(실체) 너머의 불완전은 도처에서 발견되고 부분마저도 수상쩍은 대답으로 마련되어집니다.

한 편의 작품을 완성하기 위해 혹은 한 사람의 작자가 되기 위해

마르케스는 『백 년 동안의 고독』의 내용을 이미 구상한 상태에서 알맞은 '어조'를 찾으려고 5년을 보냈습니다. 쿤데라는 소설의 '치밀한 구성'을 위해, 하루키는 소설의 흐름에 '강약'을 주기 위해 '음악적 특성'을 빌려왔습니다. 포크너는 『소리와 분노』의 전체를 '화자'를 바꾸어 다섯 번 고쳤는데 아직도 미완성이라고 생각합니다. 오스터는 한 단락을 '완벽하게 마무리'하는 데 하루나 사흘이 꼬박 걸리기도 하였습니다.

또한 '플롯'에 대해

쿤데라는 "소설을 제일 지루한 삶보다도 더 지루하게 만든다."고 말하지만, 마르케스는 그러한 기법을 연마하지 않으면 "영감이 사라지고 이를 보상할 수 있는 기법이 필요하게 되는 훗날에 곤경에 빠질 것"이라고 충고합니다. 작가와 사상가 사이의 관계에 관해 에코

는 "인기 작가가 되는 일이 사상가로서의 명성을 방해하지 않는다."고 답했지만, 헤밍웨이는 "대학 교수로서의 삶은 외적 경험에 종지부를 찍음으로써 세상에 대한 지식의 확장을 제한할 수도 있고 영원한 가치에 관해 글을 쓰고자 한다면, 작가는 전업 작가가 되어야 한"다고 단정하였습니다.

예컨대, 어떤 의견이나 정신적 습관들은 자의적인 고독 속에서 사라지기도 합니다. 긍정도 부정도 할 수 없는 사라짐에서 위대한 작가들의 얼굴을 짐작해 봅니다. 한 사람의 문장을 모두 모은다고 그 사람의 얼굴이 되지는 않겠지만, '작품이 어떻게 만들어졌을까'가 궁금한 게 아니라 완성된 작품을 마주한다는 게 신비스러울 뿐입니다. 뿐만 아니라 그들의 고통이나 걱정, 희망이나 공포에 의해 생겨난 온갖 생각과 감정을 혐오스럽다고 여기기도 합니다. 그리고 사물과 자기 자신에 대한 관찰로는 생길 수 없는 생각과 감정이 의심을 초래하기도 합니다.

어떻게 문학을 하는가요?

E. M. 포스터: … 내 생각에 소설가는 소설을 시작할 때 무슨 일이 일어날지, 어떤 사건이 가장 중요한 사건이 될 지에 대해 항상 답을 갖고 있어야 합니다. 소설가는 그 사건에 가까이 갈수록 사건을 바꿀 가능성이 있으며, 실제로 바꾸기도 할 것이며, 정말로 바꾸는 편이 더 나을 수도 있습니다. 그렇지 않다면 소설은 정체되고 꼼짝하기 어렵게 될 것입니다. 그러나 이야기가 어떻게든 진행되기 위해선 산과 같이 견고하고 단단한 덩어리를 둘러서 또는 넘어서 또는 뚫고서 진행되어야 한다는 느낌이 가장 중요합니다. 뿐만 아니라, 내가 쓰려고 했던 소설들에 있어서 가장 본질적인 것입니다.

어니스트 헤밍웨이: 저는 항상 빙산의 원칙에 근거하여 글을 쓰려고 애썼습니다. 빙산은 보이는 것의 8분의 7이 물속에 잠겨 있지요. 당신이 알고 있는 것을 안 쓰고 빼버린다 해도, 그것은 빙산의 보이지 않는 잠겨 있는 부분이 되어 빙산을 더 강하게 만들 것입니다. 작가가 무엇인가를 알지 못하여 안 쓰는 것이라면 이야기에는 구멍이 생기기 마련입니다. …저는 청새치가 짝짓기 하는 것도 봤고 거기

에 대해서도 잘 알았어요. 그렇지만 그것을 그냥 내버려두었지요. 저는 50여 마리의 향유고래 떼를 본 적이 있고, 길이가 거의 20미터나 되는 놈에게 작살을 던졌다가 놓친 적도 있습니다. 그것도 그냥 내버려두었지요. 어촌에서 알게 된 모든 이야기들도 그냥 내버려두었어요. 그러나 그 모든 지식이 빙산의 물속에 잠겨 있는 부분이 되었던 것이지요.

포스터의 말은 '소설에 대한' 소설가의 대답이지만 오히려 '소설가에 대한' 대답으로 읽힙니다. 어떤 경우라도 항상 '답'을 갖고 있어야 하는 것처럼 어떤 경우에도 항상 쓸 '자세'를 갖추고 있어야 한다고 말입니다. 이것은 곧 '실제' 작품을 전제로 한 '가능성'의 본질이니까요. 예컨대, '빙산의 원칙'으로 글을 쓴다는 헤밍웨이의 말과도 맥락을 같이 합니다. '그냥 내버려 두었'다는 내버려 둘만큼의 '알고 있음'이 있다는 말을 전제로 하기 때문입니다. '내버려두'다 라는 여운이 오래 남는 이유겠지요.

소설에 쓸 자료는 어떻게 모으나요?

움베르토 에코: 『푸코의 진자』를 쓰는데 8년이 걸렸습니다. 무엇을 하는지 아무에게도 말하지 않으며 10년간 저자신의 세계 속에서 살았던 것 같아요. 밖으로 나가 차와 나무를 보고 중얼거립니다. 아, '이것도 내 이야기와 연결될 수 있겠구나'라고요. 이런 식으로 제 이야기가 매일매일 자라납니다. 그리고 모든 일과 작은 파편들, 대화들이 아이디어를 제공해 줍니다. 소설을 쓸 때는 언제나 달리는 기관차에서 뛰어내리는 비판적인 순간이 존재하지요. 물론 다음 날 아침에 다시 올라타야 하지만요.

레이먼드 카버: "이번 크리스마스가 당신이 망쳐 놓는 마지막 크리스마스가 될 거예요."라는 말이 있습니다. 그걸 들었을 때 저는 취해 있었지만 그 말을 기억합니다. 그리고 나중에, 아주 나중에 정신이 맑을 때, 이 말과 제가 상상한 것들, 너무나 명확하게 상상해서 충분히 일어났을 법한 일들을 결합해서 「심각한 이야기」라는 소설을 썼습니다. 톨스토이나 체호프나 헤밍웨이와 같은 작가의 작품들도 어느 정도는 자서전적이라는 인상을 줍니다. 그러니까 현실과 어떤 관계가 있어요. 긴 이야기든 짧은 이야기든 하

늘에서 그냥 떨어지는 게 아니랍니다. 물론 자기 삶의 이야기를 작품으로 쓰려면 엄청나게 대담해야 하고 뛰어난 기술과 풍부한 상상력 그리고 기꺼이 자신에 관해 모든 걸 이야기할 수 있어야 합니다. 자신이 잘 아는 것을 쓰라는 말도 많이 듣습니다. 자신의 비밀보다 더 잘 아는 게 뭐가 있겠어요. 물론 상상력이 가미되어야 하겠지만요.

'매일매일 자라' 나는 이야기는 '기관차에서 뛰어 내리는 비판'의 순간을 경험했다가 '다시 올라 타'게 됩니다. 그렇기 때문에 이야기는 매일매일 자라나는 것이겠지요. 여기서 발생하는 '작은 파편'들에게서 '아이디어'가 탄생하며 에코의 '이야기'로 연결됩니다. 현실과 맞닿은 이야기들은 지극히 '자전적' 요소가 짙습니다. "자신의 비밀보다 더 잘 아는 게 뭐가 있겠어요." 시를 쓸 때도 자신의 몸에 붙여 쓰라고 했고, 또한 온몸으로 밀고 나가라고 했습니다.

사지육신 멀쩡한데 왜 놀고 있어?

너를 떠난다면 나는 많은 다리를 낳는 사람이 되고 그것
들은 무더운 계절 내내 방 안을 뛰게 될 것이다 너의 어깨
를 흔들며 약속했다 다신 내 왼손과 오른손 사이에 나를
노엽게 하려는 그 어떤 얼굴도 가지지 않을 것이다 또 수
많은 얼굴들이 창밖 가지에 매달려 흔들리고 있다 구멍마
다에 날벌레를 키우며 겨울을 향해 잎사귀들을 날리고 있
다

- 김상혁, 「토르소 애인」 부분

사지육신 멀쩡한데 왜 놀고 있느냐는 말을 들을 때,
두 귀는 얼마나 거추장스러울까요? 두 개의 손과 팔 다
리와 눈이 제자리를 지키고 있다고 정말로 완전하다고
할 수 있을까요? 너를 떠난 나는 '많은 다리를 낳는 사
람'이 되어 한 번쯤 이 말의 직진과 직전을 거울에 비
추어 볼 때도 있을 것입니다. 거울에 보이는 부분의 뒷
모습은 짐작도 하지 않으면서 사지와 육신이 멀쩡하다
는 이유만으로 완전체라고 장담할 수는 없습니다. 불
완전함의 출발은 생각과 관념과 몸뿐만 아니라 '수많

은 얼굴'에도 있습니다. '눈이 비스듬히 내리는' 미래
에 대한 확실과 불확실성, 생에 대한 시행과 착오, 시
행착오를 너그럽게 받아들이지 않는 것이야말로 시행
착오라 했듯이 불완전이라는 너그러운 생각이 불완전
을 잉태하는 건 아닌지요?

　손과 다리와 머리가 없는 '불완전한' 토르소를 보세
요. 무언지 모를 저 아름다움의 근원은 어디서 오는 것
일까요? 어디에 있는 것일까요? 부분이 전체의 아름다
움을 어떻게 넘어설 수 있는 것일까요? 이것은 미적 관
점을 어디에 두느냐에 따라 달라진다고 보면 될까요?
가능성을 열어 둘 때 우리가 말하는 미학은 보편을 뛰
어넘기도 합니다.
　우리는 불완전합니다. 완전의 궁극은 불완전의 '보
완'을 목적으로 합니다. 나와 당신이 '서로 돕는 것'처
럼 말입니다. 나의 부족함을 당신의 긍정으로 메우는
것입니다. 우리는 각기 다른 모양의 토르소이기 때문
에 이는 양방향에서 이루어져야 가능합니다. 양방향이
가능할 때 비로소 존재하는 것만으로도 아름다울 수
있습니다.

거기 두 개의 눈망울이 무르익고 있던

아폴로의 엄청난 머리를 우리는 알지 못한다. 그러나

그 토르소는 지금도 촛대처럼 불타고 있다.

거기에는 그의 사물을 보는 눈이 틀어박힌 채,

그대로 남아 빛나고 있다. 그러지 않고서야 그 가슴의

풍만함이

- 라이너 마리아 릴케, 「고대 아폴로의 토르소」 부분

몸통만으로도 예술을 이야기할 수 있습니다. 머리가 없고, 팔다리가 없는 상태에서 몸통은 모든 우주의 에너지가 모여 있음을 보여줍니다. '두 개의 눈망울'이 있지만 토르소는 시선이 없음으로 인해 대상을 회피하지 않고, 몸통만으로 응시합니다. '사물을 보는 눈이 틀어박힌 채' 우리를 쳐다보지 않는 곳이 한 군데도 없다는 사실로부터 대상은 다르게 읽힙니다. 어떤 관심과 시선으로 말을 거는지, 그러한 불완전의 대상이 어떻게 우리의 시선을 되돌려 주는지 아무런 주석도 제시하지 않습니다. 토르소는 우리에게 무엇을, 어떤 삶의 태도를 바꾸라고 이야기하지 않습니다. 보이지 않는 것을 보기 위해 노력하고, 듣고 싶지 않은 삶의 진

실을 온몸으로 들어보라고 하지 않습니다. 오로지 몸통만으로 온 우주를 느낄 수 있는데, 사지 멀쩡한 너는 왜 그렇게 사는가에 대한 질책도 하지 않습니다. 나를 응시하는 토르소는 나의 반성적 대상으로 나에게 말을 걸 뿐입니다.

벨베데레의 토르소

잘려나간 머리와 사지의 부재는 오히려 우리에게 보이지 않는 진리를 이야기하고 있습니다. 신체의 부재는 생략된 의미이지만, 슬픔으로 다가오지 않고 생략으로 인한 충만함을 느끼게 합니다. 우리의 삶이 생략되어지지 않으면 일상의 권태로 인해 보이지 않는 것들을 보지 못하기 때문입니다.

〈벨베데레의 토르소〉는 고대 로마의 유적지인 카라칼라 목욕탕(Baths of Caracalla)의 폐허에서 발견된 후 팔라초 코론나(Palazzo Colonna)에 머물다가 교황 클레멘스 7세(Clemens VII, 재위 1523~34) 때 현재의 장소인 벨베데레의 뜰(Cortile del Belvedere)로 옮겨졌습니다. 미켈란젤로는 이 작품을 보지마자 "아, 아버지."라고 탄식했다고 전해지고 있습니다. 또한 토르소의 떨어져 나간 팔과 다리를 보강하라는 교황의 제의를 받고는 자신의 추가적인 작업이 작품의 예술성을 침해할 수 있고, 지금 작품 자체만으로도 가장 이상적인 조형 형태를 표현하고 있다며 정중히 사양했다는 일화가 전해지기도 합니다. 더불어 자신의 다양한 작품에서 이 토르소의 포즈나 근육의 움직임을 차용하곤 했습니다. 독일 미술사학자 빙켈만(Winckelmann, 1717~1768)은 이 작품을 두고 "부침을 되풀이하며 흐르는 근육은 안개에 휩싸인 불안과 더불어 유희하는 파도를 감싸 안고 저 홀로 들썩이는 하나의 바다"라고 멋지게 칭송했다고 합니다.

또한 『일리아스』에서는 아이아스가 수치와 죄책감을 못 이기고 자신에게 칼을 겨누어 자살했다고 하는데, 토르소가 바로 죽음을 앞둔 그의 자세라는 것입니다. 스티브 잡스는 죽기 전에 '죽음은 삶이 만들어낸 걸작품'이라고 했습니다. 아이아스가 남긴 죽음의 '자세'는 잡스의 삶이 만든 '걸작품'으로 건너뜁니다. 이 대목을 정리하면 그러니까 죽음은 삶의 토르소이고,

삶은 죽음의 토르소인 셈인데, 삶이든 죽음이든 문학이든 모든 불완전한 것들은 몸의 일부분이거나 삶이 만들어낸 완전한 부분이란 말로 재생됩니다. 죽음이 애써 깨어나려는 삶의 악몽인 것처럼.

레퀴엠

- 그러니 당신 뜻대로 하소서!

───

단풍잎은 늘 바닥으로 떨어지고 난 후에도 다시 붉은 혓바닥을 내밀며 단풍잎이 됩니다. 겨울바람이 동백꽃을 베어 물고 또 베어 물어도 동백꽃은 다시 동백꽃이 됩니다. 궁리하지 않고 생각하지 않아도 작년에 갔던 봄은 죽지도 않고 또 옵니다. 생은 여기까지라며 떠난 12월마저 골백번 뒤척이다 다시 12월이 됩니다. 죽은 단풍잎과 동백꽃과 봄과 12월의 영혼을 위한 진혼곡이 단풍잎과 동백꽃과 봄과 12월을 소환했기 때문입니다. 순환되는 자연에서 소환하고 소환되는 것은 '안식'이라는 이름으로 종교가 한몫하고 있기 때문입니다. 외부의 압력보다 내면의 부르짖음이 더 크게 들립니다. 아무리 죽고 죽어도, 어느 날 갑자기 다른 것이 될 수 없다고 합니다. 당연한 말이겠지만 죽음은 불가피합니다. 그것은 삶이 우리의 통제에서 끊임없이 벗어나려 하기 때문입니다.

춤을 추고 시를 쓰고 애인에게 편지를 썼어요

영화 〈일 포스티노〉가 죽은 파블로 네루다를 스크린으로 소환하듯, 안토니오 타부키는 소설 속으로 페르난두 페소아를 소환합니다. "나는 생각했다. 그자는 이제 나타나지 않는다. 그러고 나서 생각했다. 그를 '그자'라고 부르면 안 된다. 그는 위대한 시인, 아마도 이십 세기의 가장 위대한 시인이다. 그는 오래전에 죽었다. 나는 그를 존경하며, 아니 온전히 복종하며 대해야 한다. 하지만 이내 염증을 느끼기 시작했다."로 시작하는 소설 『레퀴엠』은 육십 년 전에 죽은 자와 환상 속에서 만납니다. '나'는 '그자' 혹은 '아마도 이십 세기의 가장 위대한 시인'이라고 언급하고 있지만, 그가 누구인지 문장을 따라가다 보면 쉽게 짐작할 수 있습니다. 산 자와 죽은 자를 한 차원에서 만나는 이 레퀴엠은 하나의 소나타이면서 한 편의 꿈이라고도 할 수 있습니다.

　나와 함께한 것이 편하지 않았나요? 그가 물었다. 아니요, 내가 대답했다, 대단히 중요했어요, 하지만 불안하게 했지요, 말하자면 언제나 날 가만두지 않았다는 얘깁니다. 그랬겠지요, 그가 말했다, 나와 관계된 건 다 그렇군요, 하지만 말예요, 문학이 해야 하는 것이 바로 이것이라고 생각하지 않으세요, 불안하게 하는 것 말입니다, 의식을 평온하게 하는 문학은 가치가 없다고 생각해요. 동의합니다, 내가 말했다, 하지만 이런 점도 있어요, 저도 나름대로 이미 꽤나 불안정합니다, 당신의 불안정이 내 불안정에 더해서 고뇌로 이어진 것입니다. 평화로운 행진보다는 고뇌가 좋습니다, 그가 확신을 표명했다, 두 가지 중에서 선택하라면 단연 고뇌지요.

- 『레퀴엠』, 112쪽

　그럼에도 불구하고 서정적이고 희비극적인 이 행보는 괴이하지만 본질과 가깝다고 할 수 있습니다. 따옴표로 묶지 않은 대화를 문장에 섞어 서술하고 있는데,

그의 문장은 깔끔하고 군더더기가 없습니다. 모자라거나 넘치지도 않지요. 쉼표와 마침표의 서술만으로도 자연스러운 대화가 오고 갑니다. 그런데도 대화는 부자연스럽거나 불편하지 않습니다. 작가 자신이 그리워했거나 페소아와 관련된 산 자와 죽은 자를 만나 온 도시를 헤집고 다니는 남자 이야기, 그러니까 이 소설은 평생 동안 언어 속에서 허우적거리던 작가가 페소아에게 바치는 조문이고, 헌사며 진혼곡이라고 할까요?

난 뛰어난 춤꾼이었어요, 그가 말했다, 『현대의 춤꾼』이라는 작은 책으로 독학을 했거든요, 그런 작고 얇은 책을 좋아했어요, 그런 책들이 실질적인 것들을 가르쳐줬거든요, 저녁 늦게 사무실에서 돌아올 때면 연습을 했죠, 혼자서 춤을 추고 시를 쓰고 애인에게 편지를 썼어요. 그녀를 무척 사랑했군요, 내가 말했다. 내 마음의 보석상자였어요, 그가 대답했다.

- 『레퀴엠』, 122쪽

삶과 죽음의 경계가 모호한, 물속에서 듣는 느낌, 옛날이야기를 듣는 느낌, 그러나 말의 날이 도사리고 있는 느낌의 문장들입니다. 인물의 목소리는 화자의 서술 속으로 흘러들면서 '평화로운 행진보다 고뇌가 좋은' 내면 의식의 흐름으로 변환되지요. '확신'을 '표명'하는 내면 의식이 인물의 것인지 화자의 것인지 모호합니다. 수수께끼와 모호성의 꿈과 같은 분위기 속에서 '혼자 춤을 추'고, 자유연상의 메시지를 실어 나르며 정신적인 현실을 창조합니다. 그러므로 단명한 안토니오 타부키의 현실은 부서진 꿈의 파편처럼, 조각난 거울 이미지처럼, 혹은 끊어진 필름의 잔영처럼 총체성을 불허하는 '지금-여기'의 현실을 반영하기도 합니다. 또한 '애인에게 편지를 쓰'느라 텍스트 안에서도 밖에서도 머물지 않습니다.

오늘은 나에게, 내일은 너에게

　머물지 않는 물 아래에서 당신이 '푸른 고래'로 올 때, 물이 물에게 보내는 음악을 듣습니다. "오늘은 나에게, 내일은 너에게!(Hodie mihi, cras tibi!)" 이것은 죽음에 관한 라틴어 격언입니다. 오늘은 나에게 죽음이 찾아오지만 내일은 너에게 찾아갈 것이라는 뜻이지요.
언젠가 한 번은 누구에게나 꼭 찾아가는 죽음,

물 아래 가라앉은 저 배는 이제 물의 질료(質料)에 가깝
게 되었나이다. 기억의 갑판에 들러붙어 있던 해초와 딱딱
한 껍질의 슬픔도 물의 형상(形相)에 거의 가깝게 투명해
져 있나이다. 천천히 헤엄치는 푸른 물고기보다 더 느리게
태양의 기둥들이 흔들리며 수면에서 가끔씩 발을 내리나,
허나 이제 그 발길이 더 무슨 위로가 되겠나이까? 물은 빛
의 영토가 아니고, 빛은 희망의 영토가 아니어서,

그러니 당신 뜻대로 하소서.
우리는 당신의 얼굴을 흔들리는 수면(水面)처럼 알지 못
하니,
우리가 보고 있는 당신은 지금의 당신이 아니고
우리 앞의 당신은 지금 여기의 당신이 아니어서
당신을 흐릿한 수면(水面)처럼밖에 알지 못하니
　　　- 노태맹, 「당신은 푸른 고래처럼 오시고-물의 레퀴엠」 부분

700여 명의 마지막을 지켜보고 사망진단서를 쓴 것

같다는 시인은, 얼마 전 『굿바이, 오늘이 마지막인 것
처럼』이라는 죽음에 관한 에세이집을 냈습니다. 가톨
릭교회는 해마다 11월 한 달을 위령성월로 지낸다고
합니다. 그는 죽음에 대해 환상을 갖지 말라고 하며,
한 인터뷰에서 죽음에 대해 사람들이 어떤 환상을 갖
고 있냐는 질문의 답으로 "여러 가지 환상과 오해라고
생각을 하기는 하는데, 특히 책을 많이 보고 공부한 사
람들은 이제 죽음을 이해하고 죽음도 극복할 수 있고,
다 안다고 비슷하게 얘기를 하는데 사실 저는 잘 모른
다고 생각을 하거든요. 저도 마찬가지로 많은 사람들
의 죽음을 본다고 해서 제가 죽음을 이해한다고는 생
각하지 않습니다. 죽음이라는 게 그렇게 사람들이 생
각하는 것처럼 천천히 오고 신호를 보내면서 그렇지는
않거든요."라고 말했습니다.

가을밤엔 모든 것들이 죽어
그들 대지의 품으로 돌아간다
낙엽은 떨어져 한들한들 춤추며
향기론 흙 가슴에 상냥히 입 맞추고
제 무게에 못 이긴 과실들은 떨어져

184

소반 위 과도 곁에 묵묵히 놓이고…오오 삶이여 죽음이

여

밤새워 우는 쓰르라미여

너마저 자지러지려무나

지상의 고요한 레퀴엠이여.

- 문병란, 「가을 레퀴엠」 부분

　가을은 죽음이라는 세계로 우리를 초대합니다. 이 세계에서 '자지러지'는 '고요한 레퀴엠'을 들을 때, 어떤 죽음에 매료되기도 합니다. 생의 고비에서 순간의 손을 놓아버리는 가을은 '모든 것들이 죽어'가 참혹하게 아름답습니다. 죽음은 모든 것을 잃어버리기만 한 것이 아니라, '대지의 품으로 돌아'가기 위해, 전부인 하나를 지키려고 그 하나를 제외한 전부를 포기하기도 합니다. 이로써 또 다른 삶의 회귀가 가능해집니다. '밤새워 우는 쓰르라미' 소리는 죽음으로 가득 차 있고, 가을의 절정적인 표정은 숭고하기까지 합니다. 흔들리는 우리의 생에게 상냥한 입맞춤을 한 뒤 '과실들은 떨어'집니다.

릴케의 「두이노의 비가」 말미에는 '무한히 죽는 자'라는 구절이 있습니다. 모든 것은 소멸되기 마련이니까 죽을 수밖에 없지요. 머물러서서는 안 되기 때문입니다. 산다는 것은 결국 지나가는 것, 언제나 사임하고 물러나고, 몰아내는 것, 움직이는 것은 어쩌면 죽는다는 임무를 수행하는 중일지도 모릅니다. 파울라 모더존-베커(1876년~1907년)는 초기 표현주의를 대표하는 화가입니다. 31세에 산후 색전증으로 사망한 그녀는 자신의 누드 자화상을 그린 첫 번째 여성 화가였지요. 일찍 죽을 것을 스스로 예감한 그녀, 친구 릴케는 파울라가 죽고 1년 뒤 다음과 같은 레퀴엠을 썼습니다. "네가 훨씬 더 멀리 있다고 생각했지. 나는 모르겠다./ 다른 사람도 아닌 네가, 다른 어떤 여성보다도 나를 많이 변화시킨 네가 방황하고 오다니./ 네가 죽었을 때 우리는 놀랐다. 아니, 너의 강한 죽음이/ 그때까지의 것들을 그때 이후의 것들과 갈라놓았을 때,/ 이는 우리에게 중요한 일이었고, 이를 이해하는 건 이제 우리 모두의 과제가 되겠지"

죽음, 우리에게 희망과 위안을

1902년 포레는 〈레퀴엠〉을 작곡할 때 '무엇인가 다른 것'을 의도했다고 합니다. "아마도 오랜 기간 장례식의 음악을 담당한 뒤, 저의 본능으로 인해 저는 무엇인가 정해져 있는 길을 벗어나기를 원했습니다." '피에 예수(Pie Jesu)'나 '인 파라디숨(In paradisum)'의 부드러우면서도 내밀한 표현력, '리베라 메(Libera me)'에서 전달되는 진실성 등은 이전에 작곡된 베를리오즈나 베르디의 레퀴엠과는 전혀 다르게 보입니다. 포레는 이 작품에서 죽음 이후에 맞게 될 '심판의 날'의 준엄성을 통해 살아있는 자들에게 경고의 메시지를 전달하기보다는, 죽음에 대해 서정적이고 보다 감성적인 접근을 취하고 있습니다.

한 비평가는 포레의 〈레퀴엠〉을 두고 '죽음의 자장가'라고 표현했고, 포레는 이 표현을 매우 좋아했던 것으로 전해지고 있습니다. 또한 죽음이 '고통스러운 경험이 아니라, 행복을 향한 기쁨에 찬 열망'이라고 표현했는데, 포레의 제자 샤를 케클랭은 "우리는 포레의 예

술이 지옥에 대한 자세하고 세부적인 풍경을 다룰 수
없었다는 점에 낙심할 필요는 없다. 그것은 그가 원했
던 것도 아니었다. 하지만 평화로움으로 넘쳐흐르는
그 마음 덕분에 레퀴엠 미사에서 이야기되는 '영원한
안식' 이 그렇게 평온한 부드러움과 우리에게 위안과
희망을 주는 것인지를 알게 되었다."고 말하였습니다.
이러한 포레에 대해 조병철 시인의 「레퀴엠」 부분을
옮겨 봅니다.

> 새야 포레의 레퀴엠을 들어라
> 죽은 자(者)의 안식을 기원하는
> 저 노래를 들어라
>
> 〈중략〉
>
> 죽은 자의 안식을 기원하듯
> 죽음을 기다리는 자를 위한
> 노래는 없느냐
> 새야 너의 날개 위에 묻어오는
> 바람소리

사이로

포레의 레퀴엠이 들린다.

꿈을 위한 진혼곡(Requiem for a Dream)

허버트 셀비 주니어의 소설 『브루클린으로 가는 마지막 비상구』를 원작으로 한 영화 〈레퀴엠〉 감독은 아메리칸 드림이 '대중의 거대한 아편' 이라는 작가의 신념에 동조하며, 이미지로 관객을 세뇌시키지요. 이미지의 구조와 리듬을 통해 인물의 감정과 심리상태뿐 아니라, 물리적 감각까지 고스란히 전달하고 있습니다. 감독은 그것을 '주관적 리얼리티' 라고 표현합니다.

주사를 맞으며 동공이 확대되는 일련의 과정들이, 리드미컬한 몽타주로 표현됩니다. 대상이 클로즈업되고, 장면 전환은 빠르며, 사운드는 과장됩니다. 중독자들의 소비 패턴인 '집착' 의 과정을 그리며, 관객에게 환각 체험이 그대로 전이되어 급기야 냉장고가 괴물로 변해 덮쳐오는 우스꽝스러운 공포를 자아냅니다.

한편, 영화 〈아마데우스〉 속 레퀴엠의 작곡 동기는 참으로 극적입니다. 모차르트의 천재적인 작곡 능력을 시기 질투하던 살리에르가 정신적으로도 병약해져 있던 모차르트를 죽음으로 몰고 가기 위한 하나의 음모로 그려져 있지요.

돌아가신 아버지에 대한 두려움과 죽음에 대한 공포를 더욱 부각시키기 위해 가면(하나는 웃고, 다른 하나는 화가 난 표정으로, 앞과 뒤 모두 얼굴)을 쓰고 망토를 두른 미지의 사나이를 보내어 레퀴엠을 의뢰합니다. 그의 눈앞에 자주 등장시킴으로써 두려움은 급기야 모차르트 자신의 죽음에 대한 압박감으로 바뀝니다. 모차르트는 가면 표정 속에서 아버지의 심리상태를 읽곤 했는데, 화난 표정의 가면을 볼 때마다 두려워하는 걸 볼 수 있습니다. 바로 그 점을 노린 살리에르는 모차르트를 더 병약하게 만들기 위해 충격요법을 쓴 것이라고 할 수 있지요. 다만, 영화 속에서 레퀴엠의 작곡은 살리에르가 모차르트의 죽음 직전까지 악보를 받아 적는 것에서 끝이 납니다.

모든 사물은 이전으로 되돌아가므로 이전과 이후 두

영역 사이에서 음악은 무한한 통로로 존재합니다. 모든 것이 죽고 죽더라도, 죽음은 삶의 아름다운 동반자이므로 두려움은 곧 황홀함이고, 찬양은 탄식이고, 탄식은 예찬이기에 삶과 예술은 거대한 순환으로 이루어져 있습니다. 하늘의 별을 보면 알 수 있지요. 별들은 죽어 또다시 별로 태어나고, 죽으면서 별을 남기고 죽고, 죽은 별들은 어찌어찌 또 다른 별들을 불러 모으지요. 별의 임종을 오래오래 지켜보며 우리도 별들처럼 나타났다 사라지는 것이겠지요. 별의 입장에서 보면 우리도 별이라고 하니까요.

죽음이 '그렇다' 라고 전하는 레퀴엠 속에서, 이러한 '그렇다' 의 충만함 속에서, 죽음의 충만함이자 완성이 되는 그 유일의 음악 속에서, 릴케는 이렇게 속삭입니다. "사랑하는 이들이 연습할 것은 하나뿐, 서로를 놓아주는 것이다. 서로를 붙잡는 것은 쉬운 일이라, 굳이 배울 필요가 없으니."

슬퍼할 자신이 생겼다

지은이 | 임창아

발행 | 2020년 5월 1일

펴낸이 | 신중현
펴낸곳 | 도서출판 학이사
출판등록 | 제25100-2005-28호

대구광역시 달서구 문화회관11안길 22-1(장동)
전화_ (053) 554-3431, 3432   팩시밀리_ (053) 554-3433
홈페이지_http://www.학이사.kr
이메일_hes3431@naver.com

ISBN_979-11-5854-230-6   03810

이 도서의 국립중앙도서관 출판예정도서목록(CIP)은 서지정보유통지원시스
템 홈페이지와 국가자료공동목록시스템(http://www.nl.go.kr/kolisnet)에서
이용하실 수 있습니다.(CIP제어번호: CIP2020015831)